하이힐을 신은 여자

하이힐을 신은 여자

초판 1쇄인쇄 2018년 12월 12일
초판 1쇄발행 2018년 12월 15일

저   자 박마리
발행인 박지연
발행처 도서출판 도화
등   록 2013년 11월 19일 제2013-000124호
주   소 서울시 송파구 중대로34길 9-3
전   화 02) 3012-1030
팩   스 02) 3012-1031
전자우편 dohwa1030@daum.net
인   쇄 (주)현문

ISBN ㅣ 979-11-86644-75-1 *03810
정가 13,000원

이 책은 문화예술 진흥기금으로 발간되었습니다.

도화道化, fool는

고정적인 질서에 대한 익살맞은 비판자,
고정화된 사고의 틀을 해체한다는 뜻입니다.

하이힐을 신은 여자
박마리 장편소설

도화

차례

작가의 말

하이힐을 신은 여자

모순

한참을 걸어 올라왔는데 좀체 정상이 보이지 않는다. 숨이 턱까지 차오르고 다리에 모래주머니를 단 듯 걸음이 무거워 떨어지지 않는다. 바람도 자고 새소리마저 죽은 고요한 숲, 토굴에 갇힌 듯 적막하다. 모퉁이를 돌아 언덕을 힘겹게 타는데 검정색 바지에 검정 셔츠를 입은 사내가 길을 막아선다. 깊게 눌러쓴 모자 아래로 드러난 험상궂은 얼굴이 마치 포악한 살쾡이와 마주친 듯 주눅 들게 한다. 등줄기에서 식은땀이 섬뜩하니 시려온다. 엉덩이를 뒤로 빼고 뒷걸음질하는데 사내가 성큼 다가온다. 순간, 높은 벼랑 끝에 선 듯 눈뿌리가 아찔하면서 오금팽이가 굳어져 다리가 움직이지 않는다. 입이 바싹 마르고 숨이 막힌다. 몸을 비틀어 엉금엉금 기어오르는데 흰 두루마기에 턱수염이 긴 노인이 나타나 사내 멱살을 잡고 아래로 내려간다. 상체를 일으키고 안도의 숨을 쉰다. 그때 티브이나 컴퓨터 삽니다, 라는 앰프 방송이 들리면서 눈이 뜨인다. 잠깐 잠들었는데 그새 꿈을 꾼 것이다. 온몸이 박제 당하려다 풀려난 것처럼 전신이 무겁다. 사나운 꿈을 꾼 것이다. 기분이 개운하지 않은 혜정이 습벅습벅한 눈으로 창밖을 본다. 장대같이 큰 나무들이 아파트 1층을 가리고 허리가 기억자로 꺾인 노인이 지팡이를 짚고 느린 두꺼비처럼 24시 편의점 앞을 지나간다.

"죽은 귀신한테 홀렸나 무슨 잠을 저리 자나!"

종이가 찢어지듯 노인 목소리가 문틈으로 파고든다. 순간, 단단한 덩어리가 꿈틀거리며 구만리 같은 내장 속을 휘젓고 돌아다닌다. 노인의 잔소리가 티브이 소리와 함께 거실에서 고무공처럼 통통 튕긴다. 이럴 땐 손가락 하나 까딱하고 싶지 않다. 이대로 석고가 되었으면 했다. 그렇지 않아도 사나운 꿈으로 마음이 어수선한데 거기다 노인의 잔소리까지 들은 혜정이 목덜미를 잡고 일어나 베란다로 나간다. 빛에 반사된 고무나무 잎사귀가 기름을 바른 듯 윤기로 반지르르하다. 푸르고 성싱한 잎사귀처럼 자신 삶도 그랬으면 했다. 그러나 서로 느끼는 온도가 달라 늘 부딪쳐 결빙으로 이어지는데 노인이 살아 있는 동안은 부드러워진다는 건 기대 자체가 모순이 아닌가 싶다. 하나의 끝이 또 하나의 끝으로 뭉쳐지는 덩어리가 풀어지지 않고 말려만 가는 그물처럼 위험한 시간으로 연속될 것이다. 지금까지 봐 온 성질로는 그렇다.

노인의 잔소리를 피하려면 아침에 나갔다 저녁에 들어와야 하는데 그러자면 전문적인 일을 해야 했다. 그러나 경력이 단절된 여성이 취업한다는 건 쉽지 않은 일이지만 찾아보면 분명 길이 있을 것이다. 사람 노릇은 타고난 됨됨이가 아니라 익혀 내 것으로 만드는 것이라 했으니 지금이라도 시작한다면 노인하고 부딪치는 궁상은 줄어들지 않겠는가. 세상은 배움의 반이라고 했으니 배움의 부족함을 알고 도전한다면 배우고 난 뒤에 느끼는 성취는 몇 갑절 더 클 것이다.

노인의 잔소리는 근래에 와 부쩍 더 심하다. 바퀴벌레처럼 구석구석 돌아다니며 먼지 타령을 하는가 하면 세탁기 빨래는 깨끗이 세탁되지 않는다며 손세탁하라는 잔소리는 제때 찾아 먹는 끼니처럼 한다. 이런 잔소리는 하지 말아야 하는데 무당 손에 노는 딸랑이처럼 한다. 그 정도가 지나쳐 때론 치매 걸린 게 아닌가 하고 의심을 하다가도 그렇게 치부하기엔 너무 정상적이라 혜정이 홀로 삭힌 지 좀 되었다. 누군가로부터 쉴 새 없이 잔소리 듣는 건 성한 몸뚱이가 웅크린 채 말라가듯 여간 피곤한 게 아니었다. 처음엔 이런 모진 사람도 있구나 하고 결혼에 대한 후회도 했고 노인 비위를 딱딱 맞추지 못한 것도 능력 부족 같아 홀로 운 적도 헤아릴 수 없다. 혜정이 엄지손톱으로 곤지 손톱을 긁는다. 혜정의 손버릇이다. 노인으로부터 잔소리 들을 땐 자신도 모르게 손톱을 긁어 손톱이 뭉텅하다.

어제도 그러더니 오늘 또 같은 말로 사람을 힘들게 하고 있다. 상대하자니 집안이 시끄러울 것 같고 그렇다고 듣고 있자니 속이 라면 물 끓듯 뽀글거린다. 어젯밤에 끓던 뜨거움이 채 가시기도 전에 또 끓고 있는 것이다. 목젖을 타고 올라오는 뜨거운 열기를 식혀야 하는데 지금으로서는 식힐 마땅한 그 무엇이 없다는 것이고 그렇다고 날아오는 잔소리를 누르기엔 숨

11

이 막힌다. 마음 같아선 당장 뛰어나가 삿대질하며 난리 치고 싶은데 그렇게 하기엔 집안 어른이 아닌가.

사흘 전 일이다. 노인은 뜰에서 마당으로 내려서다 발을 헛디뎌 발목을 삐끗했다. 혜정이 병원에 가자고 했지만 병원 갈 정도 아니라며 괜찮다고 했다. 절룩거리지 않았고 또 육안으로 봐 괜찮아 보여 신경 쓰지 않았다. 저녁이 되면서 아니나 다를까, 다친 다리 어떠냐고 물어보지 않는다며 인정머리 없고 싸가지 없는 여자로 갑자기 내리는 소나기처럼 퍼부었다. 말을 받고 싶지 않은 혜정이 방으로 들어와 티브이를 틀어 바깥소리를 누른다. 조금만 이해하는 눈으로 본다면 만사가 편안한 걸 그게 되지 않아 사람 속을 뒤집는 통에 같이 있으면 하루에도 몇 번이나 뜨거워졌다 식었다 한다.

화분에 물을 준 혜정이 산세베리아를 들어 에어컨 실외기 위로 옮기는데 바늘로 찌르는 듯한 가슴 통증이 명치를 누른다. 가슴을 둥글게 마사지하듯 문지른다. 이런 증세는 가슴이 답답할 때 느껴지는 것으로 근래에 와 자주 일어난다. 그래도 다행히 통증이 길지 않다. 이럴 땐 어디론가 떠나 이 삼일은 아니어도 단 하루라도 바람 쐬고 오면 금방 나을 것 같은데 그걸 하지 않고 있다. 아니 식구들 때문에 못 하는 것이다.

공사장의 포클레인 소리가 동네 내장을 다 도려낼 듯 굉음을 내고 있지만 창문으로 통해 들어오는 바람이 산뜩하다. 낙엽이 팔랑, 유리창에 붙었다 떨어진다. 베란다 난간에 붙어있던 햇살이 창문 위로 올라가 있다. 물때처럼 층층이 쌓여가는 노인과의 갈등을 줄이려면 무슨 일인가 해야 하는데 딱히 생각나지 않아 혜정이 고민에 빠진다. 실패하지 않고 성공하려면 자신 있는 일을 해야 하는 데 자신 있게 할 수 있는 거라면 음식 밖에 없다. 음식 중에서도 김치에 자신이 있으니까 김치로 자신 브랜드를 만들어 보리라.

고민도 잠시, 혜정이 상체를 일으켜 창밖을 본다. 그렇게 앉아있는 모습이 모서리가 꺾인 상자처럼 어깨가 처져 있다. 힘이 없는 건 어깨뿐만 아니다. 눈 역시 살고 싶다는 의지가 없다. 프로그램에 맞춰진 자동기계처럼 이런 아침부터 저녁 늦게까지 주부로써 빈틈없이 해도 양철처럼 요란한 노인과 용택 눈에는 늘 부족한 여자로 비춰지니 일을 해도 재미가 없는 것이다. 그러다 보니 산다는 게 간이 덜된 팅팅 불은 국수처럼 맛이 없다.

13

혜정이 이틀 전에 백화점에서 산 하이힐을 꺼낸다. 하이힐을 산 걸 노인이 알면 잔소리할 게 뻔해 신발장에 넣지 않고 베란다 창고에 둔 것이다. 청바지에 운동화 신은 여자가 아닌 정장차림에 하이힐을 신고 또각또각 소리 내며 출근하는 여자가되리라. 그 생각으로 하이힐을 산 것이다. 혜정이 하이힐을 신는다. 맨살에 닿은 감촉이 몸의 관능을 일깨우듯 힘이 솟는다.

"탁 탁 탁!"

창문 밖에서 벽치는 소리가 난다. 혜정이 고개를 쭉 내밀어 밖을 본다. 노인이 빗자루를 들고 벽을 치고 있다. 먼지가이른 아침 입김처럼 허공으로 흩어진다. 시곗바늘이 열두 시를 가르치고 있다. 혜정이 방을 나와 주방으로 들어가 점심상을 본다.

"네가 살림하는 여자 맞니? 비싼 돈 주고 사 왔으면 빨리 먹어 치워야지. 창고에 처박아 둘 것 같으면 왜 사 와! 돈 쓸데가 그렇게 없니? 내 새끼 피땀 흘려 벌어 온 돈으로 산 건데 썩혀 버릴 거야!"

소파에 앉은 노인은 티슈를 뽑아 테이블에 묻은 물기를 쓱쓱 문지른다.

언제 창고를 뒤진 모양이다. 감자는 이틀 전 마트에서 사 온 것이다. 그러지 않아도 노인 보면 많이 샀다고 잔소리할 게 뻔해 주방 베란다에 둘까 하다가 창고에 넣어뒀는데 그걸 본 것이다.

"어머니, 제가 하는 모든 일이 그렇게 맘에 안 드세요? 제발 잔소리 좀 하지 마세요. 내가 살림하는 게 맘에 들지 않으면 어머니가 하세요. 감자 이틀 전에 사 온 건데 그게 후딱 먹어 치우는 음식이 아니잖아요."

한 공간에서 같은 공기를 마시며 숨 쉬고 있다는 게 진흙탕에서 발을 빼지 못해 애를 먹는 것처럼 등줄기가 당긴 혜정이 노인 앞으로 간다.

"네가 잘하면 잔소리 왜 하나. 하나에서 열까지 맘에 드는 게 없어. 잘해야 예쁘게 봐 주지."

노인의 목소리가 고양이 목에 달린 방울처럼 딸랑거린다.

"내가 그렇게 맘에 안 들면 작은 며느리 집에 가서 사세요. 나만 어머니 모시고 살라는 법 없잖아요. 어머니와 함께 산다는 게 너무 힘들어요."

혜정이 주방으로 온다. 대형 프레스에 눌린 듯 피로가 몰리면서 정수기에서 뜨거운 물을 받아 한 컵 들이킨다.

"뭐라고 했냐? 작은 애 집에 가라고?"

뜨거운 수증기에 부풀어 오른 풍선처럼 노인 목소리가 압이 차 있다.

"네. 가세요. 나만 며느리 아니잖아요. 어머니 잔소리 듣는 게 미치겠어요."

"못된 년. 나를 쫓아내려고 작정했구나. 하지만 그게 마음대로 되지 않을 것이야. 난 이 집 못 된 귀신이야! 귀신이 왜 무섭다고 하는 줄 아니? 미운 사람에게 붙어 골탕 먹이는 거야."

얼굴을 보고 말해야겠다는 듯 노인은 주방으로 들어와 의자를 확 끌어당겨 앉는다. 그리고 주먹으로 식탁을 탁 치며 자아내는 폼이 또 한차례 태풍을 예고하고 있다. 혜정이 냉장고 문을 열다 말고 한걸음 뒤로 물러난다. 앞으로 불쑥 튀어나온 광대뼈 위로 불도그 꼬리처럼 올라간 눈초리가 오늘따라 유난히 표독스럽다. 불만이 깊다는 뜻이다. 그러나 혜정이 피하지 않고 돌아서 가스 불을 킨다.

저러한 포즈는 아주 익숙한 것이다. 상대방의 잘못을 발견하였을 때, 어른으로서 대접하지 않는다는 생각이 들 때, 자신이 원하는 일을 들어주지 않을 때 나타나는 것으로 혜정이 이젠 놀라지도 않는다. 저런 난관에 부딪힐 때마다 혜정의 행동은 단 한 가지다. 모르는 체하고 무시하는 것이다. 이길 수 없어 무시하는 것이고, 무시함으로써 복잡한 일에 말려들지 않는다는 걸 오랜 세월 끝에 터득한 것이다. 처음 저런 표독한 인상을 봤을 때 박씨 집안으로 시집온 게 일생일대에 실수라고 생각했고 이혼하고 싶다는 생각을 하면서도 진작 남편인 용택한테는 말도 꺼내지 못했다. 이혼할 자신도 없었고 이혼 말을 해서 실없는 사람이 되고 싶지 않아서다.

"식사 차려놨으니 드세요."

점심도 안 줬다는 소리를 듣고 싶지 않은 혜정이 상을 차려놓고 방으로 휑하니 들어온다. 따라온 바람이 방 안 공기를 휘젓는다. 혜정은 오랏줄에서 풀려난 듯 숨을 크게 쉰다. 오늘도 노인이 자신을 결박하고 있다는 생각을 한다. 그 무엇도 부족한 게 없지만 그 어느 한 가지도 기분 좋게 와 닿은 게 없이 이 집만 떠나면 숨통이 트일 것 같았다.

혜정이 베란다로 나와 간이 테이블에 앉는다. 봉투를 찢어소설책을 꺼낸다. 근대적인 개혁이 절실했던 역사적 전환점에서 외세를 받아들이기 위해 온몸으로 노력한 한 남성의 집념을 그린 내용으로 열흘 전 고등학교 동창이 보내온 것이다. 반 페이지 읽었을까. 내용이 머리에 들어오지 않는지 혜정이 책을 덮고 창밖에 시선을 고정시킨다. 그렇게 바라보는 눈이 마치 움직이지 않는 인형의 눈 같다. 아무리 잘해도 수고한다는 인사보다 서운하다는 말을 먼저 하는 노인 올가미에 걸려 바둥거리며 살고 있는 일상이 잘못된 길을 가고 있는 것 같아 혜정이 고민에 빠진다. 허공에 집을 지어놓고 걸려들기만을 기다리는 거미처럼 이 집이 위험한 집은 아닐까. 어떻게 해야 노인 눈에 자신의 수고가 보일까. 산속의 작은 길도 많이 다녀야 큰 길이 되듯 작고 하잘것없는 자신 능력이 크게 발휘되려면 어떻게 해야 할까. 그 고민을 하고 있는데 밖에선 노인의 잔소리가 한여름 밤 모기처럼 왱왱거린다. 노인의 잔소리는 홍어가 삭는 큼큼한 냄새 같고 거대한 블랙홀에 갇혀 비린 시간을 견뎌내는 만큼이나 힘이 든다.

"김치 쪼가리만 나오니 목구멍으로 밥이 넘어가나. 생활비는 지 친정에 빼돌렸는지 반찬이 왜, 이 모양이야. 내가 무슨 죄를 지어 저런 인간이 들어와 먹는 것도 제대로 못 얻어먹는지, 내가 영양실조에 걸려 머지않아 죽을 것이야."

삼팔선 철조망을 뚫고 넘어오는 대남방송처럼 노인의 잔소리가 멈추지 않는다. 좀체 저놈의 시동이 꺼지지 않고 있으니 속에서 불이 난다. 나이를 먹으면 어느 정도 포기할 법도 한데 어떻게 된 노릇인지 갈수록 더 심해지니 뛰어나가 밥그릇이라도 던지고 싶은데 혜정이 침을 꿀꺽 삼켜 화를 내린다. 걸핏하면 친정으로 돈 빼돌린 것으로 말하는 노인의 말버릇이 보험들라고 매일 찾아오는 보험아줌마처럼 짜증스럽다.

"내 명대로 못 살지. 내가 살아있는 게 죄인이다 죄인이라!"

노인의 고압적인 목소리가 진통 겪는 산모처럼 계속된다. 하루도 그냥 넘어가지 않으면 입안에서 곰팡이가 자라는지 쉬지 않고 나불대는 저 노친네 입은 휴일도 없는 듯하다. 정말 힘든 노인이다. 골짜기 돌아 강으로 흘러들어온 시냇물은 제 산의 높이를 안다고 했는데 일흔다섯의 나이를 먹고도 며느리한테 후덕한 면모로 세상을 알려주는 조력자가 되지 못하니 혜정은 답답했다. 하루하루가 허공으로 상승이 아니라 바닥으로 함몰되어 입천창이 말라붙게 하는 건조함은 살게 하는 따뜻한 입김이 아니다. 누군가로부터 매복 당하는 불안이다.

"이것아, 내 말 안 들려? 어른이 뭐라고 하면 무슨 말이 있어야 될 것 아니야!"

쨍그랑, 접시 깨지는 파열음이 마당에서 난다. 폭언에도 혜정이 밖으로 나오지 않자 급기야 밥그릇이 마당으로 날아간 모양이다.

"으흐흑……."

그러기나 말기나 혜정이 나오지 않자 이제는 마치 상갓집에서나 들을 수 있는 울음을 안개처럼 풀어 놓는다. 참다못한 혜정이 자신도 모르게 문을 발로 차고 나온다.

"어머니, 왜 이러세요. 밥맛이 없으면 안 드시면 되잖아요. 그렇다고 밥그릇을 마당에 던져요? 제가 하는 음식이 맛이 없으면 손수 해 드세요. 손 있잖아요. 그리고 친정으로 돈 빼돌렸다고 하는데 빼돌릴 정도로 저에게 돈 주셨나요? 아범 사업 어려울 때 도와준 게 얼만데 이러세요!"

팽팽하게 부풀어 오른 울화를 누르며 노인 앞으로 바싹 다가간 혜정이 낮은 톤으로 책 읽듯 또박또박 말한다.

"아이고 무서워라, 저 눈 좀 봐라."

"나한테 잘못이 있으면 그 잘못 가지고 잔소리해야지 왜 친정까지 싸잡아 욕하세요? 요즘 어느 여자가 시어머니 구박받으면 산다고 합니까? 나 같은 바보가 이 꼴 저 꼴 보고 살지
……. 그리고 밥그릇은 왜 던져요. 더 이상 어머님하고 못 살겠어요. 어머님이 나가시든지 아니면 저희들 살림 내주세요."

분개하지도 않고 차분한 자세로 또박또박 말하는 혜정이 고양이를 골리는 생쥐 같다.

"나도 너하고 더 이상 살고 싶지 않다. 이년아!"

처진 뱃살처럼 아래로 늘어진 볼살이 파도처럼 출렁인다. 한마디도 놓치지 않고 받는 혜정 태도에 노인은 물건을 손에 잡히는 대로 던진다. 더 이상 마주하고 있다간 미칠 것만 같은 혜정이 마당으로 내려선다. 흰 소금을 뿌려놓은 듯 마당에는 밥이 흩어져 있고 배를 갈라놓은 생선처럼 접시들이 뒤집혀 있다.

현기증을 느낀 혜정이 벽을 짚는다. 누군가가 머리채를 잡고 뱅글뱅글 돌리는 듯하다. 아파트 공사장 소음이 메주콩 찍듯 쿵쿵거리고, 끊어졌다 이어지고 이어졌다 끊어지는 노인의 울음이 마음을 자그럽게 한다. 누군가가 노인과의 관계가 쉽게 풀리지 않게 마지막 매듭을 꽁꽁 묶어놓은 듯하다. 혜정이

널브러진 그릇들을 그대로 두고 집을 나온다. 남편인 용택이가 이 광경을 눈으로 직접 봤으면 해서다. 노인이 얼마나 괴팍하고 별난지 말이다.

혜정이 차를 몰고 바닷가로 향한다. 휘어질 대로 휘어진 가파른 도로를 따라 오르자 악을 쓰고 우는 아이처럼 엔진소리가 크다. 차창으로 들어오는 햇살이 따갑다. 몇 개의 모퉁이를 돌아 아래로 내려가자 바다가 푸른 융단을 깔아놓은 듯 파랗다. 노인 마음이 저와 같으면 얼마나 좋을까. 그러면 자신도 고마워하며 살 것인데 말이다.

도로 가장자리에 차를 세운 혜정이 수평선 저 끝으로 시선을 던진다. 사람이 하고 싶은 것 다 하고 살 수 없지만 그래도 어느 정도 하고 사는 게 사람다운 삶이 아닌가. 가끔 남편과 함께 여행도 가고 외식도 하고 영화도 보고 뮤지컬 공연도 보며 즐겁게 살고 싶은데 그러한 것들은 혜정한테 있어 액자 속 그림처럼 눈으로만 봐야 했다. 용택이 혜정과 함께 하는 게 거의 없다. 여행 가자고 하면 회사 일 바쁘다고 했고 어쩌다 백화점 쇼핑 가자 해도 거절하고 골프 가방 들고 나갔다.

그런 일들이 잦아지자 용택을 향한 미움의 주머니가 임산

부 배처럼 커졌지만 불만하지 않고 하이힐을 신고 세상에 나갈 준비를 했다.

"엄마!"

혜정이 엄마를 부른다. 항상 자신 편들어주고 위로해주는 친정엄마가 그리운 것이다. 혜정이 폰을 꺼내지만 번호를 누르지 못한다. 노인으로 인해 마음고생이 심하다는 걸 알아서 좋을 게 없고 설사 안다고 해도 엄마가 해줄 수 있는 게 그 무엇도 없기 때문이다.

혜정이 방파제 쪽으로 차를 옮긴다. 희누르스름하게 바랜 수첩처럼 낡은 창고 뒤로 그리 높지 않은 몇 개의 집들이 늙은 코끼리처럼 엎드려 있다. 바다 저 끝으로 탁자 위에 찻잔을 올려놓은 듯 작은 배들이 나란히 대칭을 이루고 있다. 폰이 울린다. 그러나 혜정이 받지 않는다. 지금 이 순간만큼 그 누구의 침입도 받고 싶지 않은 것이다. 울음을 그친 아이처럼 벨 소리가 툭 끊어진다. 혜정이 돌을 주워 던진다. 몇 미터 앞에 떨어지는 돌이 포말을 이루다 수면 아래로 사라진다.

손목시계가 오후 다섯 반을 가리키고 있다. 평소 같으면 시장을 다녀와 저녁 준비를 해야 할 시간이다.

주차장에 주차를 하고 대문 안으로 들어서는데 잠시 가라 앉았던 화가 스프링처럼 튕겨 오른다. 노인이 던진 밥그릇이 그대로 마당에 널브러져 있고 장롱 속에 있어야 할 자신 옷가 지들이 가위에 잘린 채 마당에 쓰레기처럼 버려져 있다. 아무 리 며느리가 미워도 그렇지 옷을 자르다니, 이건 너무 잔인무 도한 행동이 아닌가. 절대로 일어나지 말아야 할 일이 벌어진 것이다. 먼저 스스로를 바로 세워야 아랫사람도 배려하며 따 를 것인데 노인은 자연스럽게 드러나는 어른의 경지가 늘 부 족해 혜정이 오늘도 속이 상한 것이다.

혜정이 안방 문을 연다. 노인은 코까지 골고 자고 있다. 방 바닥에는 소주병이 쓰러져 있고 엉덩이까지 올라간 치마 아래 로 흰색 팬티가 보인다. 사람이 밉다밉다 해도 이렇게까지 밉 게 느껴진 건 처음이다. 이런 말 하면 죄 받을 일이지만 일어 나지 않고 저대로 죽어줬으면 했다.

노인은 젊었을 때부터 술을 좋아했다. 속상한 일이 있을 때 는 술로 화를 풀어 가능한 술을 못 마시게 하지만 그 누구도 노인의 고집을 꺾지 못한다. 그러다 보니 이젠 될 대로 되라는 식으로 식구들도 포기한 상태다. 그런 사정을 시누들한테 들어 익히 알고 있었다.

혜정이 세탁기에서 빨래를 꺼내는데 안방 문 여는 소리와 함께 기침 소리가 난다. 노인이 일어난 모양이다.

"이것, 빨리 못 치우나!"

물을 내 뿜는 고래처럼 노인이 포효한다.

"어머니가 그랬잖아요. 어머니가 치우세요."

혜정이 목소리가 무게에 눌린 듯 가라앉아 있다.

"아범 오기 전에 못 치우나."

무겁게 내리간 노인 목소리가 심상치 않은 일을 예고한다.

"어머니가 밥상 던졌으니 어머니가 치우세요."

바닷가에서 집에 돌아올 때까지도 노인을 이해하자 했는데 막상 자신 옷이 가위에 잘려 마당에 버려진 걸 보니 이해할 마음이 없어진 것이다.

"못 치우겠냐?"

고분고분 말을 듣지 않을 때는 어떤 일이 벌어질지 자신도 모른다는 듯 독기가 서 있다.

"……."

절대 물러서지 않으리라 했던 혜정이지만 말없이 마당으로 내려선다. 노인을 이길 재간이 없다. 노인이 인간이 아닌 몇 달을 굶은 포식자의 동물로 느껴진다. 이 집에 살고 있는 한 노인 스스로 포기하지 않고서는 절대 이길 수 없는 강적임을 감지되는 순간이다.

이런 일이 있으려고 꿈자리가 그렇게 시끄러웠던 모양이다. 혜정이 깨진 그릇과 음식 찌꺼기들을 쓰레기통에 담는다. 그 모습을 현관 뜰에 서서 보는 시선이 동화 속에 나오는 팥쥐 엄마 눈빛이 저랬을까 싶다.

"이게 무슨 일이야?"

퇴근하고 대문 안으로 들어선 용택이 혜정과 노인을 번갈아 본다.

"……."

혜정이 말이 없다.

"무슨 일인지 묻고 있잖아?"

고압선 누전으로 튀는 불꽃처럼 용택이 목소리가 공기를 헤집는다.

"알고 싶으면 어머니한테 물어보세요."

"당신한테 물었지 어머니한테 물었어?"

"내가 말하면 당신 믿을 거예요? 안 믿잖아요."

"당신, 어머니 비위 딱딱 맞춰 줄 수 없어?"

아니나 다를까 오늘도 용택이 노인 편에 서 있다.

"당신, 어머니한테 효자 아들이라는 것 알아요. 하지만 이런 식으로 무조건 나를 나무라건 아니네요. 당신도 어머님이 유별나다는 것 알잖아요. 그걸 모른다면 당신도 문제 있어요. 일이 터질 때마다 왜 나만 나쁜 여자로 보는가요? 난 더 이상 어머니하고 못 살아요. 어머니 동서 집에 보내세요."

"시끄러워!"

손에 들고 있던 옷이 바닥에 떨어지면서 용택 손이 혜정 볼을 갈긴다. 그간 불만을 어떻게 참고 있었는가 싶을 정도로 과격하다.

"……."

피할 틈도 없이 날아온 손찌검에 혜정이 고개를 든 채 자웅 눈으로 지릅뜬다. 무시하는 것도 모자라 이젠 손찌검까지 하다니 기가 막힌 것이다. 무조건 노인 편들고 나오는 용택 입에 휴지를 둘둘 말아 쑤셔 박고 싶은 심정이 보릿짚에 화르르 타는 불꽃처럼 일어나지만 혜정이 입술을 사리문다. 그동안 참고만 살았다. 무시해도 남편이고 어른이라 단 한 번도 자신의 목소리를 내지 못했다. 아니 하지 않았다. 자신만 참으면 집 안이 시끄러울 일도 조용히 넘어가서다. 그렇게 목석같이 살았는데 폭력을 쓰다니 두 인간을 끌어다 창고에 가두고 열흘을 굶겨도 화가 풀릴 것 같지 않다.

폭력을 쓰리라 생각지 못한 용택 행동에 노인은 살짝 당황하더니 이내 변한 눈빛은 잘 맞았다는 표현이다. 이건 너무 가관스럽지 않은가. 약한 여자한테 손찌검까지 하느냐, 라고 말리는 시늉이라도 해야 그게 어른으로서의 행동인데 오히려 더 때리기를 바라고 있으니 혜정이 달려가 노인이 입고 있는 옷을 벗겨 갈기갈기 찢고 싶은데 그걸 참아내자니 손가락이 굳어지는 듯 뻣뻣하다.

"자식의 도리를 깨고 싶지 않아 때린 거라면 더 맞을 용의 있어. 하지만 이건 아니야. 당신한테 맞을 정도로 난 잘못한 게 없어. 무조건 나를 비판하고 어머니 편애하는 것 당신 잘못한 거야. 밥상 던지고 며느리 옷 가위로 자르고 그것 아무나 하는 게 아니야. 독사처럼 독한 사람이나 하는 짓이지."

"그만해."

"내가 왜, 당신한테 맞아야 해?"

혜정이 고개를 꼿꼿이 치켜든다.

"……."

잘못했다는 생각이 드는지 용택이 등을 보이고 선다.

"이제부터 구질구질하게 살지 않을 거야. 내가 무슨 일을 하든 상관 하지 마."

혜정이 문을 꽝 닫고 방으로 들어간다.

"어머니, 좀 조용히 살 수 없어요. 혁재 엄마가 그렇게 싫으세요. 이렇게 싸움할 것 같으면 둘째 아들인 용식 집에 가서 사세요."

"네가 너를 어떻게 키웠는데 네 놈이 나한테 이럴 수 있어? 어디서 마누라 두둔하는 게야. 이 못난 녀석아! 내가 죽어야지 으흐흑……."

노인은 용택의 옷을 잡고 늘어진다. 하지만 용택이 뿌리치고 밖으로 나가자 떼쓰는 어린아이처럼 두 다리를 쭉 뻗고 운다. 그 모습이 마치 전쟁 통에 자식 잃은 여인 모습 같다. 지금까지 말대답 않고 착한 아들로만 통한 용택이 싫은 소리 했으니 노인으로서는 당연히 서운한 것이다.

울음으로 소란했던 거실이 조용한가 싶더니 노인은 누군가와 통화를 하고 있다.

"용식아, 날 좀 데려가라. 난 네 형하고 못 살겠다. 나를 나가라고 하는데 더 이상 이 집에서 못 살겠다."

연극대사처럼 노인 입에서 줄줄 풀어지고 있다.

안에서 가만히 듣고 있자니 피가 역류하듯 분노가 차오른 혜정이 허리를 펴 불규칙한 호흡을 고른다.

"으흐흑 ……."

노인은 벽에 걸려있는 영감의 영정 사진을 보며 성능 떨어진 스크루처럼 꺽꺽댄다. 이젠 저런 모션도 통하지 않는다. 처음 저 모습 봤을 땐 얼마나 속상하면 죽은 영정사진을 끌어안고 우는가 싶어 불만 요소를 스스로 내리기도 했다. 하지만 저것도 하나의 습관이라는 걸 알고부터는 혜정이 감정이 둔해진 것이다.

혜정은 안 좋은 상황이 벌어질 때마다 밖으로의 탈출을 꿈꾸었다. 남편이 벌어다 주는 돈으로 살림만 하는 여자, 해도 인사를 듣지 못하는 여자, 노인과 입씨름 하는 여자, 엄마 노릇을 제대로 하는지 평가되지 않는 여자의 길을 그만두고 이 혜정 씨로 불리는 사회의 일원이 되리라 했다.

전화 받고 바로 뛰어왔는지 둘째 아들인 용식 목소리가 거실에서 들린다.

"제발, 조용히 좀 사세요. 집안 어른이 허구한 날 소란 피면 형님과 저하고 사이가 안 좋아져요. 조금 서운해도 참고 넘어가야지 시끄러울 때마다 여기저기 전화해 어쩌자는 거예요. 형님 형수 같은 사람 없어요. 저나 현수 엄마나 냉정하고 야박한 것으로 치면 형수보다 더하면 더했지 덜 하지는 않아요. 제발 어른답게 사세요."

용식은 용택하고는 달리 무조건 혜정 편에 선다. 노인 성격을 누구보다 잘 알고 있고 그렇게 해야만 된다는 자신 처지를 잘 알고 있는 것이다.

"이놈아, 불난 집에 기름 붓고 있냐! 우리 집에 갑시다, 하지 않고 누굴 두둔하고 있는 게야, 지금!"

패악 쓰는 노인의 언사가 길고 억센 잡초 같다.

"어머니, 저는 어머니하고 하루도 같이 못 살아요. 어머니 세 때 끼니 차려 줄 사람도 없지만 저나 현수엄마도 어머니 비위 못 맞춰요."

"네 놈 집에 오라고 해도 안 간다. 이놈아, 보기 싫어 가! 아이고 내 팔자야."

"형님 살림 내보내고 어머니 혼자 사세요."

"이놈아, 보기 싫어 가!"

바람에 펄럭이는 깃발처럼 노인 입술이 부르르 떤다.

"어머니, 제발 좀 조용히 삽시다."

"왜 안가고 지랄이여, 가!"

노인은 화장지를 용식한테 던진다. 용식 가슴에 맞고 바닥에 떨어진 화장지가 또르르 굴러 문 앞까지 간다.

"형수, 죄송해요. 저 갈게요."

용식이 문 앞에서 혜정한테 인사한다.

노인과의 갈등으로 집안이 늘 시끄럽다는 걸 용식이 알면서도 단 한 달이라도 모시겠다는 말을 지금껏 한 적이 없다. 자신의 마음고생을 헤아려준다면 한 달이 아닌 일주일이라도 노인을 모셔가는 게 맞고 그게 노인의 아들로서 당연한 일인 것이다. 그런데 용식이 그 일을 피하고 있다.

노인은 아들 둘에 딸 둘을 뒀다. 둘째인 용식은 결혼하면서 분가해 나갔고 딸인 현옥과 현숙이 멀지 않는 곳에 살고 있지만 자주 오지 않는다. 용식과는 다르게 현옥은 노인을 닮아 참고 넘기는 인내가 없어 시끄럽지만 막내인 현숙은 사는 게 넉넉하지 못한 탓인지 친정 일에 방관하는 편이다.

노인 성격은 다혈질이다. 상대가 그 누구든 불의를 참지 못하고 바로 직격타를 날리는 통에 마을 노인들도 노인을 그다지 좋아하지 않는다. 오늘 일만도 그렇다. 실제로 따지고 보면 그렇게 화낼 일이 아니다. 입맛이 없으면 무엇이 먹고 싶다고 말하면 될 일 가지고 분위기를 험하게 몰고 간 것이다. 어른 모시고 산다는 게 쉽지 않았다. 자신이 생각하는 것이 노인과 다를 수 있다는 가능성을 두고 대하지만 서운한 감정은 좀처럼 사라지지 않고 있으니 긴장의 연속이다.

혜정이 손거울로 얼굴을 본다. 멍든 뺨이 햇볕을 받아 파랗게 된 감자 같다. 억울하고 분하다. 손찌검을 당하다니, 굳어진 용암처럼 몸이 움직여지지 않는다. 맞지 않는 것과 맞수가 되어 산다는 게 어긋난 삶의 궤적인 것이다.

언제나 평행선

혜정이 눈을 떴을 때 용택은 언제 들어 왔는지 자고 있었다. 아침 여섯 시면 자명종 시계처럼 일어나는 사람이 일곱 시가 넘어도 일어나지 않는다. 새벽까지 일을 했거나 심한 몸살을 앓을 때 빼고는 스스로 일어난다. 직원들과 또는 손님하고 늦은 시간까지 술을 마셔도 출근만큼은 꼭 하는 그다.

손찌검 사건이 있고부터 용택이 침대에서 자고 혜정이 바닥에서 잤다. 보는 것도 싫지만 숨소리마저 듣기 싫은 것이다. 그렇게 거리를 둬도 용택이 불만을 드러내지 않았다. 하고 싶은 대로 그냥 내버려 뒀다.

용택이 한 시간 늦게 출근했다. 혁재와 민정이를 학교로 보낸 혜정이 노인 방을 노크하지만 안에서 기척이 없다. 다른 때 같아선 학교 운동장을 돌고 와 아침 식사하는 시간이다. 혜정이 방문을 연다. 어젯밤 사람이 잤다고 할 수 없을 정도로 방이 깨끗이 정리되어 있다. 밭에 갔지만 그곳에도 노인이 보이지 않는다. 궁금한 혜정이 다시 노인 방에 들어와 장롱문을 연다. 몇 개의 옷이 빠져나간 장롱 안이 마치 이빨 빠진 치아 같다. 노인은 또 짐을 챙겨 집을 나간 것이다. 노인이 갈 곳은 현옥 집밖에 없다. 싸움 끝에 으레 하는 행동이라 혜정이 이젠 놀라지도 않는다.

현옥은 혜정보다 두 살 아래지만 시누 노릇을 단단히 한다. 노인과 갈등이 있을 때마다 삐딱선을 타며 혜정에게 백팩댄다.

혜정이 전화기를 들다 말고 내린다. 이번엔 당신 스스로 들어오기 전에는 모시러 가지 않을 것이다. 전 같아선 시누 남편 보기 창피해 이내 모셔왔지만 이번만큼은 고개 숙이고 들어가고 싶지 않다. 아무리 화가 났어도 며느리 옷을 가위로 잘라 마당에 패대기 친다는 건 어른으로서 어른답지 않은 일이다. 남의 남자와 바람나 미친년같이 식구들 돌보지 않고 돌아다닌다면 그런 치명적인 수모를 당해도 할 말이 없겠지만 사소한 일 끝에 벌어진 문제 가지고 옷을 잘라 버린 행위는 아무 일 없는듯 그냥 넘길 일이 아닌 것이다. 노인이 포악하고 괴팍한 건 일찍이 알고 있었지만 이 정도로 악독이라는 걸 혜정이 생각지 못했다. 해서 안 되는 일은 두 번 다시 못 하게 딱 부러지게 방어하고 싶다. 지나친 고집과 아집은 당신 설 곳이 좁아지고 젊은 사람 상대로 고집부려봤자 소통되지 않음을 이번 기회에 확실하게 보이기 위해 교활하고 못된 년 소리 들어도 할 수 없었다.

혜정이 용택한테 전화 걸어 노인 집 나갔다고 하자 당신 발로 스스로 들어올 때까지 그냥 두고 현옥한테 전화도 하지 말라고 한다. 웬일인가. 노인한테 반감을 하다니 놀라운 일이다. 이번 일은 자신이 생각해도 어른으로서 체통을 지키지 못한 것으로 생각한 모양이다.

노인 없는 집안은 오랫동안 채워진 족쇄가 풀린 듯 해방이 주는 자유가 이런가 싶었다. 어른 눈치 보지 않고 자고 싶으면 자고, 외출하고 싶으면 외출하고, 마음대로 친구와 통화하고, 옷 신경 쓰지 않고 잠옷 입고 돌아다녀도 되고, 이런 자유는 어른이 없는 곳에서는 어려운 게 아니었다. 그러나 노인과 함께 사는 혜정으로서는 늘 조심해야 하는 일들이었다.

혜정이 분무기를 들고 물을 뿌린다. 허공으로 퍼지는 미세한 입자가 방안 건조를 잡아먹는다. 옷가지들을 옷걸이에 건 혜정이 얼기설기 잘못 바른 파운데이션처럼 마음이 어수선한 듯 멍하니 서 있다. 그러기를 한참 시선을 정리하고 화장대 앞에 앉는다. 파운데이션 바르고 그 위에 붉은 립스틱과 눈썹을 그리자 거울 속에는 혈색 좋고 참한 여인이 있다.

혜정이 집을 나와 도서관에 간다. 작년 봄에 오고 올해는 처음이다. 그때는 친구와 함께 와 한나절을 보냈다. 어린아이부터 어른들까지 책 읽는 모습이 여유롭다. 대여 창구에서 책을 빌린 혜정이 바깥 풍경이 보이는 창가에 앉아 책을 펼치지만 이내 덮는다. 짐 챙겨 현옥 집에 간 노인이 신경 쓰인 것이다.

도서관에서 시간을 보낸 혜정이 해가 문어 대가리처럼 서녘 하늘에 깔아지면서 집으로 온다. 텅 빈 집안이 보살이 떠난 절 같았다. 큰 바위 하나가 거실에 버티고 있어 볼 때마다 눈에 거슬려 불편했는데 막상 없어지고 보니 큰물이 빠져나간 듯 허전했다.

현옥한테선 이틀이 지나도 전화가 오지 않는다. 이번엔 어찌 조용하다. 시시콜콜 따져 화내는 게 그녀 성격인데 그렇지 않다는 게 오히려 더 불안했다. 혹여 노인이 현옥 집에 안 간 건 아닌가 하고 말이다.

저녁 드라마를 보고 있을 때 노인이 현옥 집에 있으니 걱정 말라는 막내 시누인 현숙한테서 연락이 왔다. 이왕 간 김에 오래 계시게 모시러 가지 말라 했다. 혜정 역시 그랬으면 했다. 아니 아예 눌러살았으면 했다. 그런 반면 용택은 은근히 노인을 기다렸다. 퇴근하고 집에 오면 노인 방에 들어갔다 나왔고 노인한테 연락 오지 않았냐고 수시로 물었다.

집안일을 일찍이 끝낸 혜정이 백화점에 갔다. 변화를 갖고 싶은 것이다. 2층 여성복 코너에서 검정색 정장과 블라우스를 사고 6층 미장원에서 파마를 하였다. 웨이브 없는 생머리 단발머리가 한결 젊어 보인다.

좀 알고 지낸다 싶은 사람한테 전화를 걸어 일자리를 알아봐 달라고 부탁도 한다. 그럴 때마다 대부분 경력과 경험이 없어도 조금만 배우면 할 수 있는 매장 일이나 보험판매 일을 소개했다. 그러한 일들은 고객 상대하는 일로 자신이 없었다.

용택은 혜정이 직장 갖는 걸 반대했다. 일하기보다 집에서 얌전히 살림하고 노인 잘 모시기를 원했지만 이미 일을 가져야겠다고 마음 굳힌 혜정한테는 귀에 들어오지 않았다.

혜정이 시에서 주관하는 일자리 박람회에 갔다. 그곳도 음식과 관련된 일은 없었다. 대부분 중소기업 현장에서 일하는 용접일이고 호텔 조리사와 병원 간호사 또는 건물 내 청소하는 환경미화원이었다. 공공기관 기간제 계약제가 있지만 1명 뽑는데 서류 접수가 오십 명이 넘어 혜정이 접수도 하지 않고 그냥 돌아 나왔다.

고용센터에도 맨 마찬가지였다. 알선해 주는 일은 대부분 식당 홀서빙과 건물 청소 또는 노인을 돌보는 요양보호사 일로 대학까지 나온 자신한테는 권장하지 않고 이런 일들이 있다는 것만 설명했다.

노인이 현옥 집으로 간 지 한 달이 넘었다. 미움이 어느 정도 가라앉은 혜정이 이번 일요일에는 모셔와야겠다는 생각을 한다. 당신 스스로 들어올 때까지 그냥 두고 싶지만 현옥 집에 오래 계시게 하는 것도 시누 남편한테 미안한 일이고 또한 마을 어르신들 보기 민망해서다.

주민등록등본을 떼 놓으라는 용택 전화를 받은 혜정이 주민 센터에 간다. 직원으로부터 등본을 건네받은 혜정이 조금 전까지 노인을 모셔와야겠다는 생각이 싹 사라진다. 주민등록등본 상단에 있어야 할 노인 호적이 현옥 집으로 전입되어 갔기 때문이다.

"고모, 어머님 호적이 왜 고모 집으로 전입되었나요?"

그동안 어떻게 지냈냐는 인사는 모두 생략한 채 이유부터 혜정이 묻는다.

"며느리가 이러면 안 되지."

"……."

"엄마가 집 나온 지 한 달이 넘었어. 키우던 개도 집 나가면 찾는데 하물며 집안 어른이 집을 나갔는데 찾지 않는 그 행동난 절대 용서 못 해. 엄마 내가 모실 거야. 어디 젊은 연놈 끼리 잘살아 봐!"

톡톡 튀는 현옥의 목소리가 마치 대장간에서 두들기는 쇠붙이 소리 같다.

"고모, 지금 고모가 오빠한테 실수 한 거예요. 의논도 없이 호적까지 전입해 갔다는 건 오빠를 무시한 처사입니다. 호적까지 전입해 갔을 땐 어머니를 모시겠다는 뜻으로 받아들여도 되지요? 딸도 자식이니까 어머니 잘 모시세요. 지금부터 어머니한테 일어나는 모든 일은 고모가 책임지세요. 나도 이젠 자유롭게 편하게 살 수 있겠네요. 고모 덕분에 나도 편안하게 살아봅시다."

자신 할 일을 현옥이 하니 혜정으로서는 더없이 좋지만 사람의 도리를 접는 것 같아 기분이 좋지 않았다.

"그래, 너희들끼리 잘살아 봐. 이래서 들어오는 식구가 잘 들어와야 집안이 조용하다는 거야."

"지금 고모가 하는 행동은 어머니를 위한 일이 아닙니다. 어머니를 무조건 감싸주는 건 오히려 노인한테 좋을 게 하나도 없어요."

전화를 끊은 혜정이 화단 앞에 쪼그리고 앉는다. 정신이 산만하다. 느티나무가 절반 가려진 교회 지붕 위로 구름이 걸려 있다. 주민센터를 나와 집에 왔을 때 용택이 퇴근해 옷을 갈아입고 있다. 사장단들 모임에 참석한다는 것이다.

"어머니 호적이 현옥 집으로 전입되어 갔네요. 이젠 어머니 고모가 모신다고 하네요."

혜정이 백에서 등본을 꺼내 용택한테 건넨다.

"……."

등본을 본 용택이 말이 없다.

"마을 어른들 보기에 민망해 이번 일요일에는 어머니 모시러 갈까 그 생각했는데 현옥이 하는 꼴 보니 그 생각이 사라졌어요."

"어머니를 모신다고 그랬단 말이야? 스스로 미안하다고 사과할 때까지 어머니 모시러 가지 말고 앞으로 어머니 일은 신경 쓰지 마."

굳어진 것에는 일정한 기울기가 있듯 용택 목소리가 점점 아래로 처진다.

현관을 내려서는 용택 뒷모습을 혜정이 말없이 지켜본다. 창문에 반사되어 있던 햇살이 사라지자 그늘이 자리 잡는다. 화물차 경적 소리가 들린다.

잘못된 의심

고춧잎이 시들하다. 비라도 왔으면 싶다. 물기 없는 땅이 소나무 껍질처럼 턱턱 갈라져 있다. 노인이 심어 놓은 게 아까워 물을 몇 번 주기는 했지만 취업자리 알아보기 위해 돌아다니면서 물주는 걸 깜박했다. 비가 온다면야 하지 않아도 될 일이지만 노인이 없으니 물주는 일이 혜정 일이 되었다. 노인이 집에 왔을 때 싫은 소리 듣지 않으려면 어떻게든 고추가 말라 죽지 않게 해야 했다.

고추밭은 2년 전 용택이 노인을 위해 산 것이다. 평수가 백

평이고 바로 집 옆에 있어 노인이 소일거리로 하기엔 적당했다. 덕분에 채소는 사 먹지 않지만 혜정은 그게 싫었다. 노인이 밭에서 일하고 있는데 젊은 자신은 방에 박혀 있으려니 마음이 불편해서다. 차라리 옆집 아귀찜 가게에 주차장으로 땅을 빌려주면 한 달에 삼십 만원이라는 돈이 생기는데 용택이 그것도 마다하고 노인이 운동 삼아 농사짓게 했다.

현옥으로부터 노인이 병원에 입원했다는 소식을 알려온 건 오후 네 시 경이었다. 가야 하나 가지 말아야 하나 고민하고 있는데 용택이 부석부석한 얼굴로 들어왔다. 요 며칠 내내 술 마시고 늦게 들어오더니 몸이 탈이 난 모양이다.

"어머니, 병원에 입원했다는데 가 봐야겠어요."

혜정이 꿀 탄 그릇을 용택한테 건넨다.

"가지 마. 어머니 일은 현옥이 알아서 하게 그냥 둬."

입술에 묻은 물기를 휴지로 닦으며 그릇을 탁자에 내려놓는다. 이게 웬일인가. 노인 일이라면 소홀하지 않고 챙기는 사람이 남의 일처럼 말하다니 혜정이 의외라는 듯 어깨를 살짝 들었다 놓는다.

용택이 눕는 걸 보고 혜정이 거실로 나와 영남한테 전화를 건다.

"동서 지금 수업 중이야?"

"형님, 나중에 전화 드릴게요. 지금 통화하기 좀 그래요."

영님이 서둘러 전화를 끊어버린다.

또 거짓말을 하고 있네, 생각을 한 혜정은 기분이 언짢다. 영님이 여전히 같은 행동을 해서다. 바쁘다고 전화를 먼저 끊었으면 당연히 알아서 전화하는 게 상대방에 대한 예의인데 영님은 그것으로 끝이다. 답답한 사람이 우물 파듯 두 번 세 번 하게 만든다. 그럴 때마다 아랫사람이 윗사람에 대한 예의가 아닌 것 같아 싫은 소리 몇 번 했지만 좀체 고쳐지지 않고 있다.

"어디 가?"

혜정이 장롱문을 열어놓고 옷을 갈아 입는데 용택이 침대에서 일어난다.

"병원에 가 봐야지요."

"가지 말라고 했잖아."

이불을 걷고 일어나 앉는 용택 얼굴이 베개에 눌린 듯 임신선처럼 줄이 길게 나 있다.

"나도 가고 싶지 않아요. 며느리이니까 의무로 가는 것입니다. 안 가고 불편한 것 보다 다녀와 편안하게 있고 싶어요. 고모 하는 행동이 얄밉지만 그래도 부모 일이니까 얼굴이라도 내밀어야지요"

"가지 말라면 가지 마!"

"당신도 같이 갑시다."

"어머니한테 장남으로서의 역할은 끝났어."

"맏아들로 태어난 게 당신 죄니까 미우나 고우나 그래도 어머니이잖아요."

"당신한테 정말 미안해. 우리 식구들이 당신을 힘들게 하네."

살짝만 닿아도 녹아내릴 것 같은 부드러운 그 무엇이 용택 눈에서 구른다. 혜정이 눈을 깜빡이며 한 걸음 뒤로 물러선다. 단물이 뚝뚝 떨어지는 이런 눈길은 처음이다. 순간 멋없고 퉁명한 이 남자한테도 이런 면이 있었나 싶었다. 조금 전 용택이 한 말이 진심인지 아니면 그냥 해 보는 말인지 모를 일이지만 일단은 자신 마음을 헤아려 준다는 게 혜정으로서는 이제야 자신 남편 같다는 생각을 한다.

"여보, 병원 갑시다. 우리 할 도리는 해야지요."

"알았어."

용택이 못 이기는 척 하고 옷을 주섬주섬 입는다.

퇴근 차량이 몰리면서 도로엔 차량들이 길게 늘어져 서 있다. 용택과 나란히 합석한 것도 오래간만이다. 서로 차가 있으니 그다지 같이 탈 일이 없었던 것이다. 침묵이 흐른다. 무슨 말인가 해서 침묵을 깨야 하는데 할 말이 없는 듯 용택이 쓸데없이 마른기침만 한다. 용택과 같이 있으면 이상하게 무거운 공기에 눌린 듯 혜정이 말이 없어진다. 재잘재잘 떠들어 분위기를 훗훗하게 해야 하는데 그게 되지 않는다. 어렵고 불편한 사람처럼 마음이 가슴벽에 착 달라붙는다. 이렇게 된 지 오래되었다. 용택으로부터 사랑받고 싶은 마음을 접으면서 함께 있는 게 오히려 더 불편했다. 이렇게 사이가 벌어진 게 순전히 용택 탓이다. 노인 잘못을 말하면 무조건 노인을 편애할 때는 군식구처럼 밉고 싫었다. 그게 쌓이면서 말이 줄어든 것이다.

복도를 따라 안으로 들어가자 열린 문틈으로 노인은 침대에서 현옥은 보조 침대에 앉아 있는 게 저만큼 보인다. 노인은 4인실에 입원하고 있었다. 혜정이 용택과 나란히 병실에 들어서자 현옥이 하던 말을 중단하고 자리에서 일어난다.

"어머니, 저희들 왔어요."

혜정이 인사하자 노인은 등을 보이고 돌아눕는다. 턱 아래 살이 빠져 광대뼈가 도드라진 그 위로 꼬리가 누렇게 변한 콩나물처럼 핏기없는 얼굴이 그간 고생을 말하고 있지만 무겁게 가라앉은 표정이 아직도 서운한 감정이 남아있는 듯하다.

혜정이 손을 잡으려 하자 노인은 손을 탁 뿌리치며 치켜뜬 눈자위가 핏물이 배인 듯 붉다.

"이년아, 내가 빨리 죽었으면 좋겠지. 나 아직 안 죽는다. 동네 사람들, 저년 좀 보소. 나한테 밥도 안 주고 지만 배터지게 먹어 저렇게 돼지가 되었소. 저 살덩어리 좀 보시오!"

혜정을 향해 삿대질하는 노인 팔이 허공에서 까분다. 그러자 주변 환자와 보호자들이 일제히 고개를 돌려 이쪽을 본다. 아무쪼록 어른은 먼저 등을 보이고 길을 열어 알려주는 존재가 되라 했는데 노인은 그런 모습을 눈 닦고 찾아봐도 없다. 흰옷에 묻은 작은 진흙은 없앨 수 없겠지만 노력하면 숨길 수는 있지 않겠는가.

"어머니, 내가 뭐 어떻게 했다고 이러세요?"

사람들 보기에 창피한 혜정이 속이 끓지만 감정 조절을 한다.

"네년이 밥도 안 주고 밖에 돌아다니며 다른 남자 만나고 다니잖아!"

끝을 밟아 튕겨 오르는 나뭇가지처럼 노인은 벌떡 일어나 혜정의 옷을 잡고 흔든다. 떠듬대지 않고 딱 부러지게 하는 말이 누가 들으면 정말로 혜정이 바람나 돌아다닌 거로 알겠다 싶다.

"당신 나가 있어."

말이 지나치다 싶은지 용택이 혜정을 뒤로 밀어내고 노인 앞으로 한 걸음 다가선다.

"어머니, 바람난 여자라니요? 무슨 말도 안 되는 소리를 해요. 늘 혁재 엄마한테 이런 식으로 말했어요?"

억지소리에 화가 난 용택이 샴페인 병뚜껑 터지듯 뻥 소리친다. 대드는 용택 모습이 사정을 모르는 남이 봤을 땐 호래자식 소리 듣기에 딱 알맞다.

"아범아, 배고프다 빨리 가서 밥 먹어라."

목울대가 꽉 차도록 끓어오르는 분노로 큰소리치고도 언제 그랬냐는 듯 따뜻한 말투가 부드럽게 퍼져 내린 삼월의 햇살처럼 온기가 있다.

"언니, 미안해요. 엄마가 조금 이상한 것 같아요. 얼마 전부터 혼자서 중얼중얼거리고 밥을 금방 먹고도 밥 안 먹었다고 그러네요. 뇌 사진 찍어봐야 될 것 같아요. 치매가 아닌지 모르겠어요."

현옥이 휴지 한 장을 빼 노인 눈곱을 닦아준다.

"치매요?"

핸드백을 내려놓고 간이침대에 앉은 혜정 눈이 숨은그림찾기라도 하듯 벽에 걸려있는 캘린더에 가 있다. 걱정이 되는 것이다. 치매는 뇌손상으로 자신 존재는 물론이고 가족들도 몰라보는 무서운 병이 아닌가. 정말 노인이 치매라면 이 일을 어쩐단 말인가. 조금 전 밥도 안 주고 남의 남자 만나러 다닌다고 욕설을 날린 것도 치매 때문일까.

"오빠, 엄마 호적 전입한 것 잘못했어요. 죄송해요."

눈을 아래로 깔고 고개 숙이자 현옥의 머리가 앞으로 쏠린다.

"잘못했다는 것 알았으면 됐다. 앞으로 두 번 다시 네 마음대로 하는 일이 없도록 해라. 너는 노인을 위해 그랬다지만 그런 일들은 형제간에 갈등의 소지거리가 되는 거야. 앞으로 네가 노인 모시지 않으려면 서운해도 속으로 삼켜라. 그게 어머니를 위한 길이다.”

　짧게 말을 끝낸 용택이 등을 보이고 밖으로 나간다. 열린 문 사이로 간호사가 혈압계를 들고 들어온다. 노인은 팔을 간호사 앞으로 쭉 뻗는다. 퍼런 줄을 그어놓은 듯 혈관이 나뭇가지처럼 뻗어있다. 현옥이 상조대 안에서 베지밀을 꺼내 노인 손에 쥐여주자 손을 탁 친다. 그 바람에 쏟아진 베지밀이 이불을 타고 노인 발에 떨어진다. 현옥이 얼른 휴지를 뽑아 노인 발을 닦지만 혜정이 보고만 있다.

수고 인사 없는 길

　노인 없는 몇 달은 편안했지만 노인이 오면서 혜정이 바빠졌다. 그러나 예전처럼 노인한테 연연하지 않았다. 일이 있을 땐 점심 식사를 차려놓고 외출을 하였고 김치에 관한 것이라면 어디든 달려갔다. 시장과 백화점을 돌며 맛도 보고 사진을 찍어와 담기도 했다. 그렇게 담은 김치를 사람들이 많이 모이는 곳에 가 테스트를 받았다. 맛있으면 별을 붙이고 맛이 없으면 세모를 붙여 평점을 받은 결과 별이 더 많았다.

　잠시도 집에 붙어있지 않고 돌아다녀도 노인은 예전처럼

함부로 말하지 않았다. 간혹 삐딱하게 말해도 흘려들었다. 대놓고 노골적으로 말하지 않는 게 어딘가. 그것으로도 충분히 되었다. 다행스럽게도 병원에서 봤던 증세는 보이지 않았다. 현옥으로부터 어떤 주의 말을 들었는지 가능한 입을 떼지 않으려는 노력이 보였고 가기 싫은 경로당에도 갔다 하면 애저녁이 되어야 왔다. 일흔다섯인 노인은 경로당에 가면 젊은이로 온갖 일을 다 해 가기 싫어했다. 그럼에도 꼬박꼬박 가는 것 보면 어느 정도 정을 붙인 모양이다.

이틀 후에는 여성회관에서 교육이 있다. 조직에서 본인의 역할과 시너지 형성을 위한 팔로워십은 꼭 필요한 교양으로 광고를 보자마자 바로 신청하였다. 취업 준비 여성에게 직업 적응능력을 높이기 위한 의식과, 필요한 역량을 개발하기 위해 기본적인 내용을 미리 준비하여 원만한 직장생활에 적응할 수 있게 방향을 제시하는 교육이다.

오후로 접어들면서 나무 우듬지를 비추고 있던 햇살이 노인 등 뒤에 내려와 있다 햇살이 따갑다. 그러나 노인은 피하지 않고 신문지를 펼쳐 놓고 끝을 뒤적거리고 있다.

증조할아버지 제삿날이라 혜정이 아침부터 손이 바쁘다.

묵은 제사로 간단하게 한다고 하지만 기본적으로 올리는 게 많아 결코 일이 수월하지 않다. 고사리를 삶아 볶은 다음 전을 부치기 위해 프라이팬이 뜨거워지기를 기다린다. 반죽한 그릇을 신문지 위로 옮긴 혜정이 노인을 본다. 자신은 바빠 손이 몇 개라도 모자랄 판인데 도와주지 않고 지금 하지 않아도 될 일을 하고 있는 것이다. 생선도 구워야 하고 주문한 떡도 찾아와야 하는데 저러고 있으니 갑자기 속이 더워진다. 이런 부아는 큰일을 할 때마다 일어난다. 둘째 며느리인 영남이 있어도 혼자 일한다는 게 짜증이 난 것이다.

설과 추석을 빼고도 제사가 열 한 개니 매달 제사가 있다고 보면 된다. 10월과 11월에는 두 개가 들어있다. 근래에 와 음식을 많이 줄였지만 그래도 기본으로 올리는 게 있어 마음은 늘 부담스럽다. 다리와 허리가 아플 땐 더 하기 싫다. 제사는 며느리들의 혹독한 일로 가족 불화에 씨앗이라고 혼자서 일할 때마다 생각하게 된다. 며느리들이 모여 함께 한다면야 별 문제가 되지 않지만 직장이 있어 오지 못하면 어쩔 수 없이 집에 있는 사람의 몫이 아닌가. 여자만 음식 해야 하는 남편에 대한 원망과, 둘째 며느리는 안 해도 되는 불평등, 잘한다고 해도 늘 곱지 않은 시선으로 보는 노인의 억지는 맏며느리인 혜정한테는 늘 불만이다.

둘째 며느리인 영님은 노인과 관계가 좋지 않아 시아버지 제사만 참석하고 그 외는 잘 오지 않는다. 그런 영님이 학교 개교기념일로 쉰다며 무슨 마음인지 오겠다는 전화가 어젯밤 늦게 왔었다. 일찍 와 일을 거들겠다고 하니 고마웠지만 그것도 와야 오는 것이다. 일찍 온다고 해 놓고 아예 안 오는 경우가 대부분이라 믿음이 가지 않아서다.

"어머니, 콩나물 좀 다듬어 주세요."

혜정이 빈 소쿠리와 콩나물 봉지를 노인 앞에 갖다 놓는다.

"네가 해라. 밭에 가서 고추 좀 따 와야겠다."

손을 툴툴 털고 일어서는 노인은 창고 쪽으로 가더니 빈 포대를 들고 대문을 빠져나간다. 혜정은 노인을 불러 세우고 싶었다. 오늘처럼 이렇게 바쁠 때는 도와줘야 하잖아요. 고추는 나중에 따도 되는데 굳이 이렇게 바쁜 날에 밭에 가신다고 그래요, 라는 말이 입안에서 구슬처럼 도르르 구르지만 생각을 거둔다. 애초 도울 생각이 있었다면 자신이 말하기 전에 일을 거들지 않겠는가.

온다던 영님이 점심시간이 지나도 오지 않고 있다. 그러면 그렇지 싶었다. 차라리 온다는 말이 없었다면 기다리지 않지. 뇌리에서 미운 생각이 고개를 들고 일어선다.

음식은 오후 세 시에 끝이 났다. 고추 따러 간 노인은 어둠이 내린 저녁에 대문 안으로 들어선다. 밭에 갔다가 경로당에 들려 놀다 온 모양이다.

저녁을 차리는데 용식과 영님이 현관 안으로 들어선다.

"형님, 죄송해요. 일찍 오려고 했는데 갑자기 일이 생겨 못 왔어요. 음식하신다고 고생 많으셨죠. 날도 더운데……."

영님이 그릇에 반찬을 담아낸다.

"바쁘면 할 수 없지. 직장에 매인 사람이 마음대로 할 수 있나."

지금 영님이 거짓말을 하고 있다는 걸 혜정은 알고 있지만 그 사정에 대해 묻지 않는다. 자신이 해야 할 일은 말하지 않아도 알아서 하는 게 그 사람의 바른 마음가짐이 아닌가. 그게 사람으로서의 기본적인 행위인데 영님이 그 기본을 지키지 않는다.

"형님, 현옥 고모 안 온대요?"

가라앉은 분위기가 머쓱한 듯 영님이 말꼬리를 돌리고 용식 앞에 숟가락을 갖다 놓는다.

"안 온다는 말이 없었으니까 곧 오겠지."

반찬 그릇을 노인 앞에 놓는 혜정이 영님한테 눈길을 주지 않는다.

"형수 미안합니다. 일찍 왔어야 했는데 제가 회사에서 늦게 퇴근하는 바람에 일찍 못 왔네요. 저 사람도 무슨 약속이 있었는지 조금 전에 왔더라고요. 혼서서 음식 준비한다고 고생이 많으셨지요?"

물을 따라 마시는 용식 입술에 물방울이 맺혀있다.

"뭘요. 이런 일 어디 한두 해 한 것 아니잖아요. 옛날처럼 음식을 많이 하는 것도 아니고 조금씩 해 힘든 것 없어요."

저녁을 먹고 싶지 않은 혜정이 저녁상을 봐 주고 방으로 들어간다. 거짓말하는 영님을 보자 같이 마주 앉아 밥 먹을 생각이 사라졌고 열 시에 제사상 차리려면 조금 쉬어야 했다.

자리에 누운 지 십 분 되었을까. 퇴근하고 들어온 용택 손에 작은 봉지 하나가 들려있다.

"재수 씨, 부엌에서 일하는데 왜 누워있어. 빨리 나가서 같이 해."

옷을 벗어 장롱에 거는 용택이 혜정이 누워있는 게 못마땅하다.

"동서 온 지 십 분도 안 됐어. 동서는 일하면 어디 탈 나? 동서는 이 집 손님이고 나만 이 집 며느리야?"

오뚝이처럼 벌떡 일어나 앉은 혜정이 눈을 동그랗게 뜨고 용택을 본다. 용택은 언제나 그랬다. 영님이 와서 일하면 빈말이라도 항상 고생한다는 말로 인사한다. 며느리로서 당연히 해야 할 일을 하고 있는데 말이다.

"동서 주방에서 일하는 게 마음에 걸리지? 피로회복제 사온 것 같은데 갖다 주지 그래."

허리를 꼿꼿이 하고 앉은 혜정이 눈을 흘기며 비아냥거린다.

"제사 음식 하는 게 뭐가 그리 힘들어. 일 그것 좀 한다고 몸이 망가지나?"

"우리 집 제사가 열한 개야. 제사 지내고 돌아서면 또 제사 돌아와. 당신 보기에 그 일이 쉽게 보여? 지나가는 여자들 붙잡고 물어봐. 그 일이 얼마나 힘든지."

"쓸데없는 소리 하지 말고 빨리 나가 제수씨 도와."

"왜, 동서는 일하면 안 돼? 동서 손은 금손이고 내 손은 일손이야?"

"남의 부엌인데 뭐가 어디 있는지 모르잖아. 모처럼 쉬는 일요일인데 쉬지 않고 온 게 어디야. 당신이 윗사람이잖아."

"내가 당신 아내 맞아? 이럴 땐 당신은 내 남편 아니야. 수고했다는 인사는 못 해도 늦게 온 동서 편은 들지 말아야지. 동서 직장 있으니까 일 안 해도 되고, 난 집에서 놀고 있는 여자라 일해야 되는 거야?"

"그까짓 일 좀 한다고 허리가 망가져. 됐어. 그만해."

싸움이 커질 것 같자 용택이 말을 끊고 밖으로 나간다.

혜정은 엄지손가락 두 개로 미간을 꾹 눌러 부아를 내린다. 말하는 본새가 어찌 저 모양인지, 부드러운 구석은 없고 통나무같이 뻣뻣하고 멋대가리 없는 인간 같으니. 혜정이 베개를 던진다.

가로등이 들짐승 눈알처럼 환하다. 혜정이 상체를 쭉 뻗어 허리를 편다. 하루 종이 일한 탓일까. 어깻죽지와 허리가 뻐근하다. 어제보다 더 심하다. 통증이 다리까지 이어진다. 일이 끝나는 대로 병원에 다녀오리라 했는데 어영부영 가지 못했다. 잠시 눈을 감고 있던 혜정 눈이 벽을 따라가다가 거울에서 멈춘다. 거울 속 여자는 초라하다. 화장기 없는 핼쑥한 얼굴이 한 달 동안 감기몸살을 앓은 듯하다.

여자는 무엇으로 사는가 싶다. 아내로 며느리로 엄마로 살면서 사랑하고 사랑받으며 자신의 정체성을 찾아가며 그렇게 살고 싶은데 용택과 노인이 그걸 받쳐주지 않으니 마음이 우울하다. 가능성 없는 일에 괜히 힘 빼고 있는 건 아닌지 하고 말이다. 행복은 혼자 노력한다고 해서 되는 게 아니다. 같이 노력할 때 생기는 숨결인데 노인과 용택한테는 그게 없다. 일방적으로 희생을 원하고 있어 미움과 서운함으로 찰기 없는 녹두처럼 늘 팍팍했다.

그런 탓으로 용택이 잠자리를 하려고 다가오면 혜정이 밀어냈다. 거기에 자존심이 상한 용택이 한 이불을 덮고 자지만 등 돌리고 잘 때가 많았다. 혜정은 애정 없는 잠자리는 하고 싶지 않았다. 좋아서 하는 게 아니라 생리적 현상을 해소하려는 공갈빵 같은 게 싫은 것이다.

마당에서 차 소리가 들린다. 현옥이가 온 모양이다. 그러나 혜정이 얼른 나가지 않고 거울 속 여자만 보고 있다.

"사람이 왔는데 나와 보지도 않고 방구석에 처박혀 있는지, 아이고 천불이 난다 천불이나!"

노인의 가시 박힌 말이 바닥에서 통통 튄다. 더 이상 앉아있으려니 마음이 자그러워 혜정이 밖으로 나온다.

"작은 올케, 음식 한다고 고생했네요. 무슨 음식을 이렇게 많이 했어요?"

채반에 있는 육포를 입에 넣으며 현옥이 식탁에 앉는다.

"저도 온 지 얼마 되지 않았어요. 형님이 다 했어요."

개수대에 그릇을 옮긴 영님이 고무장갑을 낀다. 고무장갑에 묻어있는 물방울이 바닥에 뚝뚝 떨어진다.

저녁 9시가 되면서 현숙만 빼고 모두 다 모였다. 현숙은 얼마 전 허리 디스크 수술을 받아 제사에 참석하지 못한다고 미리 연락이 왔었다. 현숙은 특별한 일 아니고는 잘 오지 않는다. 노인한테 정이 없는 것도 이유가 되겠지만 어렵게 살다 보니 친정 오는 걸 싫어했다.

제사는 새벽 한 시 넘어 끝이 났다. 내일 아침 일찍 부산에 갈 일이 있다며 현옥이 자리를 털고 일어나자 노인은 창고에 들어가 참깨와 고추 자루를 들고나와 차에 싣는다. 어쩐 일인 지 영님이 갈 생각도 않고 있다.

현옥 차가 골목을 빠져나가면서 영님이 할 말이 있는 듯 노인 옆으로 다가선다.

"어머니, 우리도 제사 합치면 안 돼요? 요즘은 제사를 한 날로 합쳐 지내는 집 많아요."

"무슨 소리 하는 게야. 제사를 합치다니 내 눈에 흙 들어가기 전에는 안 된다. 제사는 조상에 대한 마음이고 정성인데 그러면 못 쓴다."

자신 살아있을 때는 절대 그런 일은 없을 거라고 못박는 노인 눈이 영님을 향하고 있다.

영님이 제사를 자신이 지내지 않아도 은근히 신경이 쓰였던 모양이다. 제사 지냈는가 싶으면 또 제사 준비해야 하는 혜정의 고생을 헤아린다면 벌써 그랬어야 했다. 하지만 그게 불가능하다는 걸 혜정이 익히 알고 있었다. 고래심줄 같은 노인 고집을 꺾는다는 건 날이 없는 바늘로 가죽 깁는 것과 같으니 말이다.

"어머니, 옆집 민수 할머니 언제 길에서 만났는데 제주도 여행 간다고 하던데 어머니는 안 가세요?"

"내 팔자에 무슨 여행이냐, 네가 좀 보내줘라."

노인은 가고 싶은데 안 보내줘 못 간다는 식이다.

제주도 여행은 일 년에 한 번씩 마을 노인 대상으로 새마을금고에서 추진하는 행사다. 노인들과 함께 바람 쐬고 다녀오라고 혜정이 언제 말을 했었다. 그땐 여러 번 다녀와 안 간다고 해 신청하지 않았다. 그렇게 말해 놓고 이제 와 엉뚱한 말을 하고 있으니 혹여 지난번 병원에 입원 했을 때 자신보고 바람난 여자로 몰아붙인 것처럼 지금 그 현상이 일어나고 있는 건 아닌가 하고 혜정이 주방에 들어가다 말고 노인을 향해 선다.

"몇 번 다녀와 어머님이 안 가신다고 하셨잖아요."

"체면상 그랬을 뿐인데 너는 그 눈치도 없냐?"

"……."

혜정이 손을 뒤로하고 등을 툭툭 친다. 갑자기 등줄기가 당긴다. 다녀오겠다고 하면 신청했을 건데 이제 와 엉뚱한 소리를 하니 또 자신이 나쁜 사람이 된 것이다. 노인은 항상 그랬다. 무엇이든지 하라고 하면 안 한다고 해 놓고 시간이 지나

막상 코앞에 닥치면 엉뚱한 소리로 사람 속을 뒤집는다.

그 언젠가 이런 일이 있었다. 옷이 없다고 투덜거려 함께 백화점에 갔었다. 이것저것 다 입어보고는 그냥 집에 가자는 것이다. 살면 얼마 산다고 이런 비싼 옷을 입냐, 라며 당신이 먼저 백화점을 나갔다. 그런 현상이 오늘 또 일어나고 있는 것이다.

"어머니, 제발 이러지 마세요. 형수 같은 사람이 어디 있어요. 여기 있는 현수 엄마도 그렇지만 동생들도 어머니 별나 못 모셔요. 형수나 되니까 어머니 모시지 현수 엄마 같아선 벌써 이혼 아니면 살림났을 것입니다. 제발 형수 힘들게 하지 마세요."

노인의 성격을 안 용식이 싫은 소리를 한다.

"시끄러!"

노인은 벌떡 일어나 안방으로 들어간다.

"내일 출근하려면 피곤하다 빨리 가거라."

분위기가 이상하게 돌아가자 용택이 일어나 방으로 들어가고 용식과 영님이 나란히 대문을 빠져나간다. 흰 블라우스에 검정색 정장을 입고 거기다 하이힐을 신은 영님 모습이 직장 있는 여성이라는 냄새가 물씬 풍긴다. 편안한 캐주얼 신발이나 운동화를 즐겨 신는 자신하고는 비교가 되지 않는다. 부러웠다. 자신도 언제 저런 정장차림에 하이힐을 신고 출근하나 그런 날이 오기나 할까.

현관에 흩어진 신발들을 정리하고 하이힐을 꺼내 신는다. 그리고 마당을 한 바퀴 빙 돈다. 노인 보면 정신 나간 미친년이라고 말 할 것 같다. 방에 들어왔을 땐 용택이 잠들어 있다. 유리창으로 스며든 가로등 불빛으로 방 안이 밝다. 혜정이 자꾸 몸을 뒤척인다. 째깍째깍 시계 소리가 심장박동 소리처럼 들린다.

여자는 무엇으로 사는가

혜정이 사는 마을은 옥유천을 중심으로 하여 동쪽과 서쪽으로 나뉘어 있다. 동쪽에 위치하고 있는 마을이라 하여 동부동이라 부른다. 작은 어촌이었던 곳이 E회사가 들어서면서 인구가 밀집된 동부동은 어촌 생활에 의존하기보다 상업 쪽으로 대부분 생계가 바뀌었다. 80년대 들어서 우후죽순으로 들어선 아파트로 인해 마을은 여러 개의 능선을 가진 큰 산처럼 곳곳이 아파트다.

E회사가 들어서면서 졸지에 졸부가 된 본토 사람들은 객지

사람들 앞에서는 영락없이 텃세를 부린다. 그러한 것들은 구청과 주민센터에서 주최하는 행사와 또는 선거 때 보면 확연히 알 수 있다. 모든 행사는 본토 사람들 중심이 되다 보니 참석하는 사람 또한 대부분 본토들이다.

그렇게 단합이 잘 되었는데 2천 년 대 들어서면서 본토 사람들의 세력이 약해졌다. 가난으로 단련된 사람들은 죽기 살기로 돈을 벌어 부동산을 사들였다. 그러자 본토 세력이 약해졌고 구 위원과 시 위원도 객지 사람이 되었다. 그렇게 본토 사람들의 영향력이 잃어가자 고장을 지키자는 구호를 걸어놓고 나름대로 결속을 다지지만 그것도 흐지부지되고 말았다.

혜정이 동부동에 살기 시작한 건 용택과 결혼하고부터다. 중매로 만난 지 두 달 만에 정을 느낄 틈도 없이 결혼을 하였다. 장대 같은 장신에 자신감 넘치는 말이 사내다운 면모를 갖추고 있어 믿음이 갔다. 말만 하면 밤하늘별도 따다 줄 듯 자신감이 넘쳤다. 거기다 노인 밑에서 살림을 몇 개월 익힌 다음 그 후에 분가시키겠다는 노인 말에 국에 밥 말아 먹듯 후딱 결혼했지만 그게 거짓말이라는 걸 결혼한 지 한 달 만에 알았다. 맏아들이라 절대 분가시키지 않겠다는 노인의 본색이 드러났고 용택 또한 살림날 생각도 없거니와 자상하고 따뜻함은 햇살에 이슬이 마르듯 말라 있었다.

혜정의 시집살이는 몇 달이 지나면서 시작되었다. 그동안 어떻게 날카로운 발톱을 숨기고 살았나 싶을 정도로 노인은 고약하면서 질투가 심했다. 용택과 나란히 앉아있는 꼴을 못 봤다. 어떤 구실을 만들어 둘 사이를 떼놓았다. 어디 그뿐인가. 사내는 부엌에 들어가서도 안 되고 빗자루 들고 청소도 못하게 했다. 그래도 그건 참을 만했다. 용택이 앉을 자리를 정해 놓고 그 자리는 아무도 앉지 못하게 했고 벗어 놓은 양말짝도 못 넘게 하는가 하면, 아침에 올렸던 반찬은 저녁에 두 번 다시 못 올리게 했다.

그렇게 지나친 아들 사랑에 용택도 노인한테 자식 된 도리를 벗어나지 않았다. 어쩌다 일찍 퇴근하는 날엔 노인이 좋아하는 빵을 사 들고 왔고, 늦게 들어왔을 땐 노인 방에 들어가 노인의 이부자리를 항상 확인했다. 방이 좀 춥다 싶으면 보일러를 높였고 덥다 싶으면 에어컨을 틀어 조금도 노인이 불편하지 않게 하였다. 그렇게 효도하는 용택의 행위에 혜정이 숨이 탁탁 막혔다.

혜정이 결혼하기 전에는 학원에서 수학을 가르쳤다. 학원에서도 미모가 뛰어나 남자 선생님들한테 인기가 많았다. 뽀얀 피부에 큰 눈을 보고 있으면 작은 샘을 보듯 맑은 눈이 누가 봐도 예쁘다는 생각을 들게 했다. 이런 미모에 짝사랑하는 선생님도 여러 명이었지만 죄다 마다했다. 혜정이 생각한 사내들이 아니었다. 상상은 자유겠지만 자신만 바라보는 자상한 성격에 직업이 안정된 한의사를 만나고 싶었다. 그러나 그런 상상은 용택이 만나면서 가위에 종이 잘리듯 잘려나갔다. 밀고 들어오는 용택 집념에 어영부영 발목이 잡힌 것이다.

울산에서 근무했던 용택이 퇴근하기 바쁘게 부산으로 내려와 혜정이 근무하는 학원 앞에서 매일 기다렸다. 그렇게 찾아오는 열의에 결혼하였지만 결혼생활은 현실과 너무 달랐다. 별난 노인도 노인이지만 뭐가 그리 바쁜지 용택의 귀가는 보통 자정을 넘겼고 일요일이면 피곤하다는 핑계로 종일 잠만 잤다. 미술을 전공한 고등학교 선배를 간혹 만나 백화점 아이쇼핑도 하고 같이 밥을 먹었지만 그래도 가슴은 늘 외로움으로 시렸다.

그렇게 힘든 생활을 하고 있을 무렵에 잘 돌아가던 회사가 불경기로 부도 위기에 놓이자 박씨 집안에 여자가 잘못 들어와 당신 아들 앞길 막았다며 노골적으로 쏟아내는 노인 입은 싸구려 물건을 놓고 외치는 장사꾼 소리처럼 사람을 피곤하게 했다.

얼마 전부터 노인은 생전 안 가던 절에를 다녔다. 그렇게 절에 가는 날은 혜정이 마음의 여유가 있다. 친구들과 통화하며 몸을 바닥에 뒹굴고 있을 때 절에 갔던 노인이 와서는 자리를 펴고 누웠다. 속이 안 좋다는 것이다. 혜정이 죽을 끓이려고 찹쌀을 담아 안방 앞을 지나는데 누군가와 통화하는 노인 목소리가 카랑카랑한 게 아픈 사람 같지 않았다.

"시어미가 아프다고 하면 당장에 죽을 끓일 생각은 않고 등가죽 깔고 누워 있으니 지금 내가 속에서 불이 난다."

속에서 파동이 이는 듯 노인은 주먹으로 자신의 가슴을 친다.

자신을 말하고 있음이 분명하게 느껴진 혜정이 방으로 들어가 옷을 갈아입는다. 노인한테 죽을 끓여 드릴 생각이 사라진 것이다. 차 키를 찾지만 어디 뒀는지 보이지 않는다. 찾아도 없자 그냥 집을 나선다. 문제 같지 않은 문제를 씹는 노인의 행동이 싫은 것이다. 세상 살면서 남을 미워하지 않고, 남에게 미움받지 않고 살기를 바라는 건 교만이고 오만이라고 하지만 지금은 노인한테 버릇없는 교만한 사람이 되고 싶은 것이다.

혜정이 시내 백화점 앞에서 내린다. 세일기간이라 백화점 주변에는 차량들로 붐빈다. 들어가고 나오는 주차장은 마치 일개미들의 행렬처럼 이어지고 빙 둘러서 무엇이 그리도 즐거운지 깔깔대며 웃는 여자들의 수다가 재미있어 보인다. 혜정이 저렇게 크게 웃어 본 적이 언제든가 하고 돌아보니 기억에도 없다.

백화점을 한 바퀴 돈 혜정이 큰길로 나와 택시를 타고 강변으로 간다. 이쪽과 저쪽을 연결하는 다리 아래로 강물이 바람을 타고 흐르고 있다. 혜정이 강에 손을 담근다. 그리고 한 움큼 담지만 물이 이내 손가락 사이로 빠져나간다. 자신 삶이 손안에 든 물처럼 이와 같다는 생각을 한다. 빈틈없이 막고 살아도 틈 사이로 빠져나가는 물, 자신 삶도 시간이 지나면 흔적도 없이 사라지겠지. 사람은 문제 속에서 그 문제를 해결하며 산다고 하지만 그 문제로 인해 상처받고 상처 주는 일은 사람을 지치게 하지 않는가. 그게 사람 사는 세상인가.

강 건너 저쪽에는 비닐하우스가 마치 백곰이 누워있는 듯하다. 그 위로 큰 고분 하나를 갖다 놓은 듯 둥글게 자리한 공원이 벽에 걸어 놓은 풍경화 같다. 도무지 알 수 없는 허무가 끼니를 기다리며 줄 선 노숙자처럼 파고든다. 어떻게 해야 노인과의 갈등을 줄일 수 있을까를 고민해도 별 방법이 떠오르지 않는다. 휴대폰 소리가 바람을 찌른다.

"으흐흑……."

여자가 울고 있다.

"누-구세요?"

무게 실린 음성이 누군지 통 감이 잡히지 않는 혜정이 조심스럽게 묻는다.

"나야."

울음이 사라진 여자 목소리가 기계 속에서 흘러나온다.

"무슨 일인데 울어?"

혜정이 누구냐고 몇 번 물었을 때야 초등학교 친구인 경옥을 알아낸다.

"……."

서러움이 목젖을 막는지 경옥이 또 말이 없다.

"그래, 울어라. 울고 싶을 땐 실컷 울어라. 어쩜 우는 게 괴로움을 삭이는 약인지 모르겠다."

"혜정아, 나 미치겠다. 으흐흑……."

"신랑 사랑 독차지하고 사는 네가 무엇이 힘들어 그러니? 눈만 뜨면 잔소리하는 노인과 남편 사랑이라고는 눈곱만큼도 없는 나도 사는데 미치기는 왜 미쳐. 네가 나만큼 힘드니?"

자신 처지를 말하며 한탄 아닌 한탄을 하며 혜정이 깊게 한숨을 내 쉰다.

"지금 만날 수 있어?"

"그래 만나자."

"지난번에 만났던 커피숍으로 와."

약속을 정한 경옥이 기계 속으로 사라진다.

마음이 아픈 사람끼리 이야기를 하다 보면 속이 풀리려나 싶은 혜정이 서둘러 강을 빠져나와 약속 장소로 간다. 경옥이 가까운 곳에 있었는지 벌써 와 있다. 고개를 숙인 채 턱을 고이고 앉아 있는 모습이 빚보증으로 전 재산 죄다 날린 것처럼 보인다. 전에 보지 못한 모습이다.

"너도 걱정꺼리가 있니?"

물로 목을 축이며 혜정이 상의 옷을 벗어 옆자리에 놓는다.

"우리 술 한잔할까? 이대로 있다가는 숨 막혀 죽을 것만 같아."

검은 매연을 뿜어내듯 혼탁함을 푸는 경옥 표정에는 심각한 일이 벌어지고 있었다, 경제적으로나 가족관계나 지금껏 아무 문제 없이 살아 늘 주위 사람들로부터 팔자 좋은 여자라고 부러움을 한 몸에 받던 그녀가 속절없이 갈대처럼 흔들리고 있다니 그녀에게도 구멍이 있는가 싶었다.

경옥은 온실 속에서 사랑과 보호받으며 자라는 꽃이라면 혜정은 무관심 속에서 밟히며 사는 민들레다. 혜정은 늘 경옥을 부러워했다. 단 하루라도 경옥처럼 살았으면 했다. 자상한 남편 사랑에 시어머니한테 귀여움받는 여인이 무슨 고민이 있어 이렇게 힘들어하는지 그 실체가 궁금했다.

"무슨 일 있는 거야?"

혜정이 의자를 앞으로 끌어당겨 앉는다.

"……."

눈을 아래로 깔고 스푼으로 커피를 휘휘 젓는 경옥이 여전히 침묵한다.

"무슨 일인지 모르겠지만 넘을 수 없는 산은 없어. 남편으로부터 폭력당하지 않고 도둑으로 몰지 않는 이상 아픔을 안고 사는 것도 집안 조용하게 사는 방법이다. 화는 일상적으로 맞부딪치는 감정 아니니? 죽을 만큼 힘들어도 사니까 살아지더라. 가족은 아무리 밉고 싫어도 안고 가야 할 인연들이잖아. 나를 봐라 못된 시어머니에 무뚝뚝한 남편 속에서 그래도 살고 있잖아."

"……."

경옥이 엄지손가락으로 눈썹을 꾹 누르며 눈을 감는다. 그러면서 앞으로 퍽 엎드린 상체가 두께와 무게로 하중을 지탱하지 못하고 무너진 흙더미 같다.

"무슨 일이 너를 이렇게 힘들게 하는지 모르겠지만 내 코가 석자라 삭이고 살라는 말은 나도 못 하겠다. 나 요즘 일자리 알아보고 있는 중이다. 아침에 나갔다 저녁에 들어오면 노인과 덜 부딪칠 것 같고 돈을 벌면 아무래도 자신감도 생기지 않겠어."

아래로 내려온 머리를 귀 뒤로 넘겨주며 혜정이 경옥을 본다. 울었는지 눈언저리가 두두룩하다.

"혜정아.……."

불러 놓고 다음 말을 이어가지 못한 경옥이 무슨 말을 하긴
해야겠는데 입이 쉬 떨어지지 않는 듯 이제는 시선이 창가에
놓인 화분에 가 있다.

"말하고 싶지 않으면 하지 마."

"나 지금 물에 빠져 죽고 싶어. 자신 잘못에 대해 후회하며
평평 우는 남편의 눈물을 죽은 영혼으로 보고 싶고 평생 죄책
감으로 살게 만들고 싶어."

상처받은 자잘한 부위들이 기억 속에서 산발적으로 일어나
는 듯 경옥 눈이 이슬로 촉촉하다.

"이게 무슨 말이야? 죽은 영혼으로 보고 싶다니? 그럼 너
자살이라도 하겠는 것이야? 무슨 일이 너를 이렇게 힘들게 하
는지 모르겠지만 죽음은 이 세상하고 끝이야. 네 말대로 네
가 죽어 영혼으로 남편 눈물 보면 뭐하니. 죽은 귀신이 살아
있는 남편을 피 말릴 수 있어? 귀신은 산 사람한테 할 수 있
는 게 그 무엇도 없어. 죽음으로 복수하지 말고 살아서 복수해
라. 만일 네가 죽어도 남편이 즐거이 잘 산다면 죽은 너만 억

울하지 않겠어?”

경옥이 힘들긴 힘든 모양이다. 웬만해서 속을 털어놓지 않는데 속절없이 하는 말 같지 않다.

“남편한테 여자가 있어. 내가 이 사실을 눈으로 확인했을 때 피가 거꾸로 솟는 것 같았어.”

“정확하지 않은 것 가지고 남편 잡지 마. 그러다 너만 의부증 환자 취급받아.”

“눈으로 확인했어.”

경옥이 감정을 어설프게 드러내는 서투른 짓을 하지 않는다. 언제나 신중했고 예의를 지키는 그녀다.

“네 남편도 남자는 남자인 모양이다. 예쁜 마누라를 두고도 그런 짓거리 하고 돌아다니는 것 보면.”

“이 인간 어떻게 해야 하니?”

“어떻게 하긴 밉지만 살아야지. 싫다고 헌 신발 버리듯 갖다 버릴 수 없잖아.”

“여자 끌어안고 뒹군 몸뚱이다 생각하면 이 인간 죽이고 나도 죽고 싶어.”

경옥이 죽고 싶다고 표현한 건 당연한 것이다. 남편한테 여자가 있으니 거기서 느끼는 배신은 그 무엇으로도 부족할 것이다. 남자들 죄다 바람피워도 자신 남편만큼은 절대 피우지 않을 거라 생각한 그녀로서는 뇌 한 부분이 갈라지는 충격이었을 것이다.

가끔 용택도 와이셔츠에 화장이 묻어왔다. 그때마다 거래처 손님들과 술집 가서 묻어온 거라 생각했다. 설사 사귀는 여자가 있다 해도 그 부분에 알려고 하지 않았다. 일일이 알려고 하면 자신만 비참해질 것 같아 그쪽으로 신경을 끊고 살았다. 용택 입에서 이혼 말이 나오지 않는 이상 모른 체 하리라 했고 아내로서 며느리로서 사랑받지 못해도 두 아이의 엄마로서 살리라 했다.

"여자 문제라면 시끄럽게 하지 말고 조금만 더 지켜봐. 바람피우는 게 네가 싫어 그러지 않을 거야. 사람을 의심하기 시작하면 진실도 거짓으로 보여."

"남편이 이혼하자고 해."

"뭐, 이혼?"

조금 전 참으라고 말했던 부분이 미안할 정도로 말문이 막힌 혜정이 허리를 곧추세운다. 남편 입에서 이혼 얘기까지 나왔다면 일은 이미 위험한 수위를 넘어섰다는 얘기 아닌가. 지금까지 본 경옥은 함부로 행동하고 함부로 말하는 경솔한 여자가 아니다. 언제나 신중했다. 남편을 지나치리만큼 사랑한 게 죄라면 죄지 언행에 있어 반듯한 그녀다. 남편이 술 마시고 들어온 날엔 발까지 씻어주는가 하면, 남편 말이라 하면 무조건 따르는 착한 공주 같은 여자다. 그런 여인을 두고 다른 여자한테 눈을 돌린 이유가 어디에 있는지 모를 일이지만 이혼을 원하니 경옥으로서는 이혼할 수밖에 없지 않은가.

"이혼하자고 하는데 할 말이 없더라. 나 정말 진실하게 살았는데 왜 이런 비극이 나한테 생기니?"

경옥 눈에 우물처럼 눈물이 고인다. 남에게는 우아한 자태로 웃으면서도 남편한테는 벌어진 간격을 좁히려고 얼마나 많은 담금질을 했겠는가.

"너는 어떻게 말했니?"

"싫어하는데 억지로 잡지 않겠다고 했어. 더 웃기는 건 나보고 아이들 맡아 키우란다. 하지만 나도 아이들 맡지 않을 거야."

"그럼, 아이들 누가 키워?"

"남편이 안 키우겠다면 노인이 키우겠지. 또 노인이 싫다고 하면 고아원 밖에 더 가겠어."

경옥이 마음이 정리되어 있다.

"……"

혜정은 다음 말을 이어내지 못한다. 아니 할 말을 잊어버린 것이다.

"남편이 미우니까 아이들도 밉다."

"아이들이 무슨 죄가 있니?"

"불쌍하지만 어떻게 해. 내가 뭘 해서 아이들 키우겠어. 자신 없어. 나도 혼자 살 수 없잖아. 일단은 남편이 키우게 할 거야. 갖다버리던지 말든지."

"부모는 그런 말 하는 게 아니야. 아무리 힘들고 괴로워도 끝까지 책임지고 지켜내는 게 부모지. 아이들 생각해 여자인 네가 참아라. 이혼하지 말고 시간을 갖고 별거해라. 그러다 보면 남편 마음이 돌아올지 모르잖아. 이혼하는 건 난 반대다. 이혼은 노력해도 정 안 될 때 그때 해도 되잖아."

부부가 살면서 항상 좋을 수 없는 일이다. 전생에 원수가 이승에서 원수로 만난다는 말이 바로 이런 경우를 두고 하는 말 같다. 혜정도 용택하고 살면서 수도 없이 이혼을 생각했지만 그때마다 아이들 엄마로서의 책임을 버리지 않았다. 그렇지 않다면 벌써 이혼했을지 모른다. 이나마 박씨 집안에 식구로 있는 것도 아이들한테 엄마의 도리를 잃고 싶지 않아서다.

"너는 그럴 수 있을지 몰라도 난 그렇게 못해. 내가 그 인간을 위해 얼마나 정성 들이고 살았는데."

"사랑은 더 많이 사랑하는 쪽이 아프다. 이혼 신중하게 생각해. 재혼이 행복할 거라 생각하지 마. 지금의 남편보다 더 못한 사람 만나면 어쩔래? 이혼의 고통보다 재혼해서 겪는 고통이 더 클 수 있어."

혜정이 지금 경옥의 심정을 충분히 이해가 되었다. 자신도 이혼을 해야겠다는 생각을 수도 없이 하였다. 아이들만 아니었으면 박씨 집안을 도마뱀 꼬리처럼 끊고 달아났을 것이다.

"혜정아, 우리 저녁에 다시 만나 술 마시자. 이대로 있다가는 정신병원에 가겠다."

답답한 듯 경옥이 일어섰다 다시 앉는다.

"그래, 하자. 나도 스트레스 풀고 싶다."

저녁에 다시 만날 것을 약속하고 혜정이 자리에서 일어난다. 아무리 화가 나도 자신이 할 일은 하며 행동하고 싶은 것이다.

경옥과 헤어져 버스 정류장에 왔을 때 서쪽 하늘이 붉은 융단을 깔아놓은 듯 붉다. 버스를 탄 혜정이 유리창 너머로 바깥 풍경을 보고 있는데 경옥 볼에서 흘러내리는 눈물이 선명하게 떠오른다. 남편으로부터 이혼하자는 말을 들었으니 추락해 본 다음에야 그 높이를 아는 것처럼 상처는 당사자가 아니고는 그 깊이를 모를 것이다. 열 길 물 속은 알아도 한 길 사람 속은 모른다는 말이 경옥 남편을 두고 하는 말 같았다. 보기에도 여자같이 곱게 생겨 식구밖에 모르는 진실한 사람으로 봤는데 다른 여자가 있다니 혜정 역시 큰 충격이었다. 여자의 모든 걸 남자가 쥐고 있는 여자의 삶은 무엇으로 사는가 싶었다. 이혼을 놓고 갈등하는 경옥을 보니 용택이 와이셔츠에 묻혀온 립스틱이 일과 연결된 게 아니고 다른 여자를 본 거라면 어쩌지 하는 불안이 구석구석 돌아다니며 내장을 툭툭 치는 것 같았다.

"너는 어딜 그렇게 돌아다녀?"

침 뱉듯 뱉는 노인 말 속에는 고철이 박혀 있는 듯 뻣뻣하다. 그러나 혜정이 말을 받지 않고 그대로 주방으로 들어간다. 미역국을 끓이고 생선을 굽는다. 그 나머지는 아침에 먹었던 반찬 그대로 식탁에 올린다. 노인이 잔소리해도 할 수 없다. 앞치마를 벗어 벽에 거는데 용택이 퇴근하고 들어온다. 오늘은 퇴근이 빠르다 싶다. 일주일 내내 자정이 넘어 들어왔으니 쇳덩어리가 아닌 이상 피곤하지 않겠는가.

"당신, 잠깐 나 좀 봐."

노인 방에서 나온 용택이 방으로 불러들인다.

"어머니 모신다고 고생하는 것 알아. 하지만 아무리 불만이 있어도 어머니 점심은 차려 드려야 하는 것 아니야? 집에 놀면서 그것도 제대로 못 해?"

용택이 허공을 활강하는 새의 눈빛으로 본다.

"……."

혜정이 묻는 말에 대답은 않고 잠시 바라보다 돌아선다. 말을 하지 않는 건 할 말이 없어서가 아니라 대답할 가치가 없다고 느낀 것이다.

"어머니 비위 좀 맞출 수 없어? 어머니 말 들어 보면 당신이 내 마누라 맞나 싶어."

용택이 돌아서 나가는 혜정 등에 대고 소리친다.

"그래요, 화가 나서 점심상 봐 드리지 않고 나갔어요. 어머니 팔다리 못 쓰는 노인이 아니잖아요. 움직일 수 있는데 스스로 챙겨 드시면 안 되나요? 삼시 세끼 다 차려드려야 하는 내 수고는 힘들다는 생각 안 해봤어요? 어머님과 당신 때문에 마음이 너무 힘들어요. 너무 힘들어 미치겠는데, 아니 여기가 아파 심장이 터질 것같이 아픈데 말할 사람이 없어요. 난 당신이 챙겨야 할 여자고 아내 아닌가요? 당신이 챙겨야 할 당신 여잔데 당신은 아내를 향한 사랑이 없잖아요. 당신 존재는 나한테 있어 남의 남자예요. 가까이하면 안 되는 그런 남자네요. 그러니 더 이상 나를 향한 질타하지 마세요. 내가 얼마를 더 희생하고 양보하고 살아야 당신 눈에 내 수고가 보일까요? 어머니 살아 계시는 동안 안 보이겠지요. 이젠 나한테 함부로 말하지 마세요. 내 안에 당신은 내 남자가 아니니까요."

심장에서 시작된 화가 자궁까지 뻗치듯 혜정이 울먹이며 말한다.

"여자가 집에서 놀면서 노인 비위 하나 못 맞추면서 어디서 큰소리쳐!"

양팔을 허리에 걸치고 바라보는 용택 눈이 대꼬챙이처럼 날이 서 있다.

"당신 가슴에는 나란 존재는 없고 노인만 있지요. 그래서 당신은 내 남자가 아닌 거예요."

혜정이 침착하려고 목젖에 힘을 주지만 말이 덜덜 떨린다.

"시끄러워!"

화가 부글부글 끓는지 옆에 있는 베개를 집어 던진다. 축구공처럼 날아간 베개가 벽에 맞고 떨어진다.

혜정이 면도날처럼 날카로운 마음을 누르고 집을 나선다. 공사장 위험 신호 불빛이 빨랫줄처럼 늘어져 있고 사람들이 인도를 따라 오르내린다. 골목을 빠져나와 삼거리로 나오자 학교 앞 신호등 앞에 차를 세우고 두 사내가 소리치고 있다. 서로 잘잘못을 따지는 모양이다. 그 주변으로 사람들이 체험 나온 한 무리의 유치원생처럼 모여든다.

혜정이 신호가 바뀌면서 횡단보도를 건너 큰길로 나온다. 나사가 풀려 삐걱거리는 바퀴처럼 걸음이 자꾸 비틀거린다. 잘했건 못했건 자신 편에 서는 친정어머니한테 가고 싶은 것이다. 그러나 그건 안 되는 일이었다. 자신이 겪고 있는 아픔을 어머니한테 보이는 건 자존심이 허락되지 않는 일이다. 혜정이 경옥을 만나러 시내로 향한다.

도시는 어둠이 내리는 속도보다 애자를 지나온 불빛이 더 빠르게 번진다. 차에서 내리자 햄버거 가게 앞에는 우르르 교문을 빠져나온 학생들처럼 많은 사람들이 서 있고 박스를 신생아처럼 안은 택배 기사가 신발가게 안으로 들어간다.

혜정이 약속 장소에 도착했을 땐 경옥이 이미 술을 시작하고 있었다.

"벌써 시작했네."

"죽고 싶다."

빈 잔을 들어 혜정 앞으로 미는 경옥 얼굴이 많이 상해 있다. 안으로 쑥 들어간 눈이 부표처럼 정처 없이 흔들리고 살이 빠진 듯 목이 유난히 길어 보인다.

"사람이 항상 좋을 수 없잖아. 힘들어도 참아 봐. 언젠간 조강지처 좋다고 느낄 때가 있을 거야."

"너희 시어머니는 티브이도 안 본다니. 조선시대도 아닌데 며느리 겁나는 줄 모르고 함부로 호령하니? 나 같으면 벌써 살림나거나 이혼했을 것이다. 며느리 밥 먹어야 한다고 고집 피는 노인도 그렇고 고추보다 더 매운 시집살이를 곰같이 하는 너도 답답하다. 네 신랑은 뭐 하는 사람이니? 마누라 고생 눈으로 보고도 그냥 있다니?"

"그러게 말이야. 나쁜 자식이지."

"네 남편은 멍청이고 내 남편은 바람둥이고 다 개새끼들이다. 우리 나이트클럽에 갈까?"

"나이트클럽?"

경옥 말에 혜정이 머뭇머뭇 해찰하다 가는 쪽으로 결정한다. 술집을 나와 마름모꼴로 자리한 상점을 지나 몇 개의 코너를 꺾자 검은 양복에 반듯하게 생긴 젊은 사내들이 나이트클럽 입구에서 손님을 맞이하고 있다. 스스럼없이 안으로 들어가는 경옥이 처음이 아닌 여러 번 온 듯 익숙하다. 사내로부터 안내를 받으며 안으로 들어가자 음악과 함께 현란한 불빛이 화려하게 쏟아지고 무대 위에는 두 명의 여인이 노래를 하고 있다.

안쪽에 자리한 혜정이 남자 손님보다 여자 손님이 더 많다는 것에 놀란다. 이곳도 예외가 아니었다. 여자 판이었다. 경옥이 자리에 앉는가 싶더니 이내 무대 앞으로 나간다. 춤추는 사람들 속으로 들어가 몸을 흔드는 경옥의 몸놀림이 어설픈 춤꾼이 아닌 마치 개업집 앞에서 현란하게 흔드는 스카이댄스 고무풍선 같기도 하고, 가수를 보조하며 뒤에서 추는 백댄서 같기도 하다.

대학 다닐 때 동아리에서 댄스 활동을 했다는 소리를 언제 듣기는 했지만 저 정도까지라는 걸 상상도 못 했다. 경쾌한 음악이 끝나고 연이어 블루스곡이 나오자 흰 와이셔츠를 입은 사내가 경옥을 바로 낚아챈다. 경옥 손을 잡고 있던 사내 손이 경옥의 허리로 내려가고 경옥은 사내 품에 얼굴을 묻는다. 그 모습이 마치 사랑하는 애인 품에 안긴 듯하다. 나이트클럽에서 남자 여자가 블루스 추는 건 말할 게 못 되지만 저건 아니다 하는 생각을 하면서도 혜정이 그냥 지켜본다.

혜정이 화장실에 다녀온 사이 경옥 모습이 보이지 않는다. 맥주로 입을 축이는데 젊은 웨이터가 6번 룸에서 손님이 기다린다며 손을 잡고 끌어당기지만 거절을 한다. 얼마나 기다렸을까. 중심 잃은 팽이처럼 비틀거리며 나타난 경옥을 혜정이 부축하고 밖으로 나온다.

"으흐흑……."

발정 난 암고양이처럼 경옥이 체면이고 뭐고 없이 운다. 혜정이 경옥을 안는다. 경옥이 이렇게 아파하고 있는 동안에 경옥 남편은 어디서 무슨 짓을 하고 있단 말인가. 천벌 받을 인간 마누라를 버리다니, 미친놈의 자식이 아닌가. 결혼생활이란, 미우나 고우나 끝까지 여자를 책임지는 게 남자 아닌가. 달콤한 사랑은 길어야 삼 년일 것인데 마누라를 버리다니 머지않아 이혼을 후회하고 경옥을 그리워할지 모른다.

그 생각을 하고 있는데 폰이 울린다. 용택이다. 아직 들어오지 않고 있는 혜정이가 걱정된 모양이다. 혜정이 폰을 받지 않는다.

경옥이 남편한테서는 여전히 전화가 없다. 지금 이 시간까지 연락이 없는 것 보면 경옥 남편 맘에는 이미 경옥을 버린 듯했다. 빼앗기지 않으려고 꽉 움켜쥐고 발버둥 쳤을 테고 잘살아 보겠다고 나름대로 노력하고 산 세월들이 빈손이 되었다는 것에서 느끼는 허무가 서러워 경옥이 저렇게 우는지 모른다.

"경옥아, 제아무리 아파도 시간은 흘러간다. 이 고비만 넘기면 좋은 날이 올 거야. 어떤 경우에도 목숨 끊는 행동은 하지 마라. 억울해서라도 당당하게 세상 밖으로 나가. 절망 속에서 희망을 품는 일은 상상할 수 없을 정도로 힘들겠지만 그래도 희망을 가져야 해."

혜정이 경옥의 등을 토닥인다.

"혜정아, 고마워. 나 집에 가야겠다."

울음이 잦아든 경옥 얼굴에는 고통의 표정이 없다. 등을 보이고 돌아서서 가는 그녀 모습이 홀로 고갯길을 넘어가는 노인의 뒷모습처럼 외로워 보인다.

혜정이 택시에 몸을 밀어 넣는다. 가방에서 폰을 꺼내는데 벨이 울린다. 용택이다. 벌써 세 번째다. 기다려봐라. 들어오지 않고 있는 사람 기다리는 심정이 어떤지 느끼라는 듯 혜정이 폰을 그대로 쑤셔 넣는다. 그리고 차창 밖으로 시선을 돌린다. 어둠에 덮인 강이 보이지 않는다.

흔들리는 강

고양이 소리가 나는 건 저녁을 먹고 나서였다. 끊어졌다 다시 이어지고 그렇게 반복되는 소리는 가만히 앉아 있지 못하게 한다. 마음이 어지럽다. 소리에 진원지를 찾아 창고 쪽으로 가는데 누군가가 대문을 두드린다. 가까이 다가가 누구냐고 묻자 낄낄 웃는 소리와 함께 후다닥 뛰어가는 소리가 들린다. 아이들의 장난 같다. 이런 일은 간혹 있는 일이다. 혜정이 창고 뒤쪽으로 간다. 갑자기 소리가 사라진다. 나무 판때기를 제치자 눈도 뜨지 않은 고양이 새끼 한 마리가 어미젖을 찾듯 고개를 흔들고 있다. 며칠 전부터 고양이가 왔다 갔다 하더니 새끼를 낳으려고 그랬던 모양이다. 주변을 둘러보는데 어미 고양이가 저만큼 서서 지켜보고 있다.

새끼를 낳았으니 허기졌을 거라 생각한 혜정이 밥에 참치와 햄을 넣어 고양이한테 갖다 주자 배가 고팠는지 이내 입을 갖다 대고 핥는다. 혜정이 현관으로 들어서는데 언제 왔는지 민정이 거실에서 피시 포즈를 하고 있다. 등을 바닥에 대고 반듯하게 누워 다리를 가지런히 모은 뒤 팔꿈치를 몸 옆에 붙이고 손은 가슴에 얹는다. 이때 숨을 크게 내쉬면서 상체를 든 채 머리를 뒤로 젖혀 정수리가 바닥에 닿게 한다.

"우리 민정이 운동 잘하네."

혜정이 간식을 챙겨 테이블에 올려놓는다.

"엄마, 체육 시간에 선생님한테 배웠는데 집에 가면 엄마한테 가르쳐 드리라고 했어."

"그랬구나."

눈에 넣어도 아프지 않을 사랑하는 딸이다. 혁재는 장남으로서 든든하고 민정은 여자아이답게 잔정이 많다. 폰이 울린다. 지미 씨다.

"혜정 씨, 나 지금 풍경 좋은 그림 보고 있는데 지금 나올 수 있어? 이건 혜정 씨가 꼭 봐야 하는 그림이라 전화했어."

간혹 통화는 하지만 그림 보러 나오라는 지미의 부름은 처음이다. 밥을 먹자거나 아이쇼핑 하자는 게 대부분인데 그림이라니 혜정이 피식 웃는다.

"전시회 갔어? 지미 씨나 많이 즐겨. 경옥이 얼마 전에 만났는데 남편 때문에 힘들어하던데 소식 들은 것 없어?"

나이트클럽에서 같이 논 이후로 경옥이 연락이 되지 않아 궁금해하고 있었던 혜정이다.

"경옥 소식은 나도 몰라. 전화해도 폰이 꺼져있어. 그림 구경하러 와."

"너나 많이 즐겨라. 집에 있고 싶다."

"내가 말하는 그림은 화가가 그린 그림이 아니라 네 남편 그림이다."

"그게 무슨 말이야? 알아들을 수 있게 말해?"

폰을 귀에 바싹대는 혜정 눈에 긴장이 흐른다.

"지금 네 남편 여자와 함께 있어."

"직원일 거야."

"그건 네 눈으로 직접 보고 판단해라."

지미 씨는 시내 A술집 앞에서 기다리겠다고 하고 전화를 끊는다. 둔기로 머리를 맞은 듯 어지럼증과 함께 다리에 힘이 빠진다. 와이셔츠에 화장이 묻어왔지만 용택한테 여자가 있을 거라 생각하지 않았다. 술집 여자들과 같이 놀면서 묻은 것으로 생각했다. 눈으로 확인하기 전에는 단정할 수 없지만 지미 씨가 전화했을 때는 짚이는 대가 있어 했을 것이다. 갑자기 심장이 쿵 하고 내려앉는 듯 명치가 묵직하다. 혜정이 곧장 시내로 향한다.

지미 씨는 경옥의 친구로 오래전에 같이 밥을 먹으면서 안면을 터 지금은 경옥보다 더 가깝게 지낸다. 성격이 활발하고 시원시원해 대화를 하고 있으면 어딘가 모르게 확 트인 느낌을 줘 자주 시간을 갖는다.

차가 삼거리를 빠져나오자 건너편엔 공장 불빛이 반짝이고 연병장에 나란히 줄 서 있는 병사들처럼 가로등이 적당한 간격으로 서 있다. 혜정이 차에서 내려 술집 입구로 가는데 지미 씨가 먼저 보고 다가오더니 쉿, 검지를 입에 대고 조용히 하라는 신호를 보낸다.

"지금 네 남편 여자하고 나온다. 숨어."

지미 씨는 수배자를 잡기 위해 잠복근무하는 형사처럼 불빛이 없는 엄습한 곳으로 혜정을 밀어 넣는다. 여자 손을 잡고 계단을 내려오며 하하하 웃는 용택 얼굴이 마치 하회탈 같다. 여자는 모노드라마 배우처럼 행동을 바꿔가며 좋아한다. 앞으로 계속 갈 것 같았던 용택이 갑자기 여자 팔을 끌어당겨 벽쪽으로 세우더니 여자 입술에 뜨겁게 키스를 한다. 두 사람은 분명히 사랑한 사이다. 그렇지 않고서야 저런 포즈가 나올 수 없는 것이다. 영화나 티브이 드라마에서 볼 수 있었던 장면을 바로 눈앞에서 생생히 본 것이다. 두 사람의 사랑은 고여 있는 게 아니라 어디론가 끝없이 뚫고 나가는 파도 그것이다. 여자는 감미로움에 행복해 하지만 그걸 본 혜정이 미친연놈이라는 소리가 입술에서 팔딱거리지만 꾹 참는다. 음지와 양지가 분명히 갈리는 상황이다. 이럴 때는 어떻게 해야 현명한 행동인지 판단이 서지 않는다. 그러나 분명한 건 절대 용서하지 않겠다는 것이고 자신다운 일을 해야겠다는 것이다. 불같은 노인의 성질을 맞추고 사는 것도 그나마 용택이 산맥같이 등을 받쳐주고 있어서다. 이젠 자신 외는 돌아볼 필요가 없는 것이다. 먼지 않아 경옥의 남편처럼 용택도 이혼을 요구할지 모른다. 하지만 지금은 이혼을 하지 않을 것이다. 이혼을 해도 이혼할 준비가 되어 있을 때 할 것이다.

"별난 노인 모시고 힘들게 살고 있는데 혁재 아빠 저러면 안 되잖아. 저 여자와 다니는 것 한두 번 본 게 아니야. 두 사람이 보통 관계가 아닌 것 같아 알려준 거야. 얼마 전에는 마트에서 나란히 쇼핑하더라. 마치 부부처럼. 그때는 혜정 씨한테 말 안 했어. 몰라도 될 걸 말해 힘들게 하는 것 같아서. 쇼핑을 같이할 정도면 살림 차린 것 아니니?"

지미 씨 말을 듣고 보니 용택이 집에 늦게 들어오고 출장을 자주 가는 게 여자로 인한 것 같았다. 출장을 다녀오는 날엔 속옷이 바뀌어 있어 그 이유를 물으면 설사를 해 새로 사 입었다고 했다. 그렇다면 지금까지 출장 간 게 아니라 저 여자와 헛짓거리하고 돌아다녔단 말인가.

"쇼핑을 같이하더라고?"

기가 막힌 혜정이 휘청거리다 벽을 짚는다.

"그래, 마트에서 봤어. 카 끌고 여자 뒤를 졸래졸래 따라다니기에 내가 잘못 본 게 아닌가 하고 다시 봤어. 그것보고 내

심장이 쪼개지는 것 같더라."

언제 집에 왔을 때 용택과 함께 차를 마신 적이 있어 지미 씨는 용택 얼굴을 정확히 알고 있다.

바글바글 끓는 물처럼 속에서 뜨거운 게 치솟아 혜정이 한숨을 길게 쉬자 가슴이 올라갔다 내려온다. 마음은 달려가 여자 머리채를 거머잡고 흔들고 싶은데 몸이 굳어 움직여지지 않는다.

용택 뒤를 따라 지미 씨가 바싹 따라붙고 그 뒤를 혜정이 따른다. 용택의 팔이 여자 어깨에서 허리로 내려온다. 등까지 내려온 여자 머리가 바람에 날려 용택 가슴에 닿는다. 하늘색 원피스 아래로 곧게 뻗은 다리가 마치 학 다리를 보듯 날씬하다. 남방에 바지를 즐겨 입는 혜정하고는 비교가 되지 않는다. 자신은 아무렇게 던져 놓은 나무라면 저 여자는 적당한 물과 햇빛을 받아 곱게 자란 꽃이다.

바람 하나 들어갈 틈도 없이 바싹 붙어 걷는 두 사람은 무엇이 그리도 즐거운지 하늘을 다 마셔버릴 듯 웃는다. 좋은 일 앞에서도 그저 조용히 미소 짓는 게 전부인 그가 저렇게 즐거워하다니 자신도 용택한테는 행복을 안겨 주는 그런 여자가 아니었음을 느끼게 한다. 노인으로부터 스트레스받는 날엔 그 여파로 용택이 가까이 오는 것도 싫었고 말 시키는 것조차 싫어 등지고 자는 날이 수두룩했다. 지난번 노인이 밥그릇 던지는 사건이 있은 후 혜정은 용택하고 냉정 상태로 지냈다. 뭘 물어도 대답하지 않았고 가능한 거리를 두었다. 그런 냉정이 자신으로부터 멀어지게 한 이유가 되겠지만 그렇다고 외도하는 건 가정을 깨자는 게 아닌가.

앞으로 계속 갈 것 같았던 용택이 사철나무로 단장된 모텔 입구에서 여자를 세운다. 두 사람은 무슨 말을 나누더니 모텔로 들어간다. 그 모습이 너무나 자연스러워 마치 자기 집에 들어가는 듯하다. 도대체 저들은 어디까지 흘러왔으며 어디까지 흘러갈 것인가. 그 끝이 있기나 할까.

혜정이 바닥에 풀썩 주저앉는다. 무더운 사막 한가운데 홀로 버려진 듯한 외로움과 가장 소중한 물건을 도둑맞은 듯 허망에 빠진다. 별난 노인과 인정머리 없는 용택과 산 날들은 채우기보다 지워내기에 바빴다. 자존감을 바닥까지 내려놓고 지움으로써 노인과 함께 이나마 살고 있는데 용택이 그 속을 모르고 다른 여자와 바람이 나다니 혜정이 당장에 달려가 멱

살을 잡고 흔들고 싶었다.

"혜정 씨, 이렇게 앉아있지 말고 당장에 쳐들어가 여자 머리채 잡고 흔들자."

혜정 앞으로 바싹 다가선 경옥이 팔을 걷어붙이며 흥분한다.

"지미 씨, 우리 그냥 가자. 저 두 연놈들 요절내고 싶지만 저들 상대로 대항한다는 건 내가 더 더러워지는 것 같아 싫어. 더러운 것은 더러운 대로 둬야지 그걸 물고 늘어지면 나 역시 더러워지지 않겠어. 오늘 안 들어오면 내일은 들어오겠지. 집에 가야겠다. 지미 씨 택시 타고 가."

혜정이 부아를 꾹꾹 누르며 차에 오른다. 눈물이 주체할 수 없이 흐른다. 열심히 살아온 죄 밖에 없는데 용택이 외도하다니. 노인을 모시고 사는 자신 처지를 생각한다면 용택이 이러면 안 되는 것이었다. 지금쯤 두 인간은 밀실에서 벌거벗은 채 얽혀 뒹굴고 있을 것이다. 더 이상 생각하고 싶지 않은 혜정이 머리를 흔들어 상상을 지운다. 그리고 얼마 전 남편의 바람으로 힘들어하는 경옥의 모습을 떠올린다. 경옥이가 겪은 상처를 지금 자신이 겪을 줄 혜정이 상상도 못 했다. 혜정이 경옥

한데 전화를 건다. 그러나 여전히 결번이다.

용택을 향한 분노와 혐오감이 한꺼번에 치고 올라오자 수전증 걸린 환자처럼 손이 떨린다. 여자가 있다는 걸 알고 나니 용택의 이상한 점이 한두 개가 아니다. 거래처 사장으로부터 선물 받았다며 들고 온 게 와이셔츠뿐만 아니다. 넥타이도 있었다. 그런 물건들이 여자로부터 받은 것이란 말인가. 지금 손에 와이셔츠와 넥타이가 없는 게 다행이다. 만일 있었다면 노인처럼 가위로 싹둑싹둑 잘랐거나 발로 자근자근 밟았을 것이다.

차에서 내린 혜정이 호프집으로 몸을 밀어 넣는다. 집에 들어가고 싶지 않은 것이다. 칸막이로 된 실내는 몇 명의 사람들이 있다. 의자에 허리를 깊숙이 찔러 넣고 혜정이 자리 잡는다. 외로움이 음습하게 몰려온다. 며느리로, 아내로, 험한 소리 들어도 참고 살았다. 그렇게 산 세월이 용택한테는 부도난 가게 쇼윈도 속에 촌스럽게 입은 마네킹이란 말인가.

"그래, 못된 연놈들아 마음껏 즐겨라."

혜정이 혼자서 중얼거린다. 두 남녀가 나란히 서서 맥주잔을 들고 있는 광고 사진 위로 시계가 자정을 가리킨다. 혜정이 술을 채 마시지도 않고 술집을 나온다. 불 꺼진 가게들이 어둠을 가두고 있다. 모퉁이를 꺾어 나오는데 가로등 밑에 건장한 사내 앞에 여자가 거리를 두고 서 있다. 무슨 소리를 하는데 잘 들리지 않는다. 사내가 여자 말을 들으려고 귀를 가까이 갖다 댄다. 그러자 여자가 반사적으로 뒷걸음치는데 길게 뻗은 사내 팔이 여자 어깨를 확 끌어당겨 등짝을 내리꽂듯 친다. 그러자 여자가 술 취한 듯 앞으로 푹 꼬꾸라진다. 저 여자 갈비뼈 부러졌지 내심 걱정이 되지만 몸이 앞으로 나가지지 않는다. 마음은 약한 여자한테 뭐 하는 짓이냐고 고함치고 싶은데 목구멍에서 소리가 말라붙었는지 나오지 않는다. 저러다 여자 죽겠다 싶은 혜정이 112번호를 누르는데 마침 건너편에서 순찰 돌던 경찰 둘이 달려온다. 키가 작은 경찰이 사내 팔목을 꺾어 구석으로 밀어 넣는다. 그 사이 여자는 일어나 벽에 몸을 숨기고 흐느껴 운다. 경찰과 무슨 얘기를 나누는가 싶더니 여자는 저편 끝 어둠 속으로 사라지고 사내는 경찰에 끌려 모퉁이를 꺾어간다.

　잠시 구경했는가 싶은데 반 시간이 훌쩍 지나갔다. 혜정이 집에 도착했을 땐 노인은 제주도 토산품인 할마방처럼 허리를 꼿꼿이 세우고 소파에 앉아 기다리고 있다.

"지금 뭐 하는 짓이냐? 여자가 어디서 술 마시고 다니는 게야!"

모든 에너지가 죄다 입으로 쏠린 듯 소리치는 노인은 지금 모두가 잠든 야밤인 줄 모르고 있는 듯하다.

"속이 터져 미칠 것 같아 술 한잔했어요. 아범은 마셔도 되고 나는 마시면 안 되나요? 이건 아니지요. 모든 게 공평해야지요."

"이게 미쳤어. 어디서 술주정하는 게야!"

깔고 앉아 있던 방석을 빼 혜정한테 던지는 노인 입이 마치 맹수가 포효하는 듯하다.

"혁재 아범도 술 마시고 어머님도 술 마시잖아요. 이것 보세요. 아범도 술 마신다고 아직 안 들어왔잖아요."

혜정이 지금 용택이 여자하고 있다는 말을 하지 않는다. 자존심도 상하지만 용택한테 여자가 있다는 걸 알면 노인은 이혼시키겠다고 난리 피우지 않겠는가.

"지금 네 하는 행동이 얼마나 추한지 알고 있는 게야. 아이들이 너한테 뭘 배우겠냐. 어디서 배워먹지 못하게 젊은 여편

네가 술 마시고 다녀!"

"그러시는 어머니는 왜 술 마십니까? 똑같은 여자면서 어머니는 되고 저는 왜 안 되나요?"

"아이고 내 팔자야, 어쩜 저런 인간이 며느리로 들어와 내 속을 뒤집어 놓는지 내 명에 못 죽지."

노인은 주먹으로 소파를 탁 친다.

"할머니, 엄마한테 힘들게 하지 마세요. 할머니는 굶주린 늑대 같아요. 엄마를 못 잡아먹어 으르렁거리는 그런 늑대요."

아까부터 문틈으로 지켜보고 있던 민정이 조르르 달려와 노인 앞에 선다.

"이놈에 계집애 말하는 본새 보래. 어디서 버르장머리 없게 어른한테 그따위로 말하나! 그 어미에 그 딸년이네. 내가 너무 오래 살았어. 죽어야 이 꼴 저 꼴 안 보지."

노인은 치마를 탁 치고 일어나 안방으로 들어간다.

"민정아, 방에 들어가. 엄마 괜찮아."

민정을 방으로 들여보낸 혜정이 방으로 들어와 문을 등에 기대고 앉는다. 그리고 아직 들어오지 않고 있는 용택의 자리를 물끄러미 바라본다. 그렇게 바라보는 혜정 턱 아래로 햇살에 녹아내리는 고드름처럼 물방울이 툭툭 떨어진다.

그렇게 앉아 있은 지 반 시간이 지났을까. 용택이 문을 열고 들어온다.

"왜, 아직 안 자고 있어? 아, 피곤해."

금방 목욕을 끝낸 피부처럼 불빛에 비친 용택 얼굴이 반질반질하다.

"목욕탕에 다녀온 것처럼 얼굴이 반질반질하네요. 술 마신 것 같지 않은데? 누구하고 있었어요?"

"거래처 손님하고 차 마시고 왔어."

여자와 있었다는 사실을 몰랐다면 믿을 수밖에 없게 완벽하게 거짓말을 한다.

물어봤자 거짓말인데 묻는 자체가 미친 짓 같아 혜정이 이불 속으로 들어간다. 용택이 침대에서 내려와 혜정 어깨를 끌어당긴다.

"내 몸에 손대지마."

다른 여자와 살을 섞고 왔으면서도 아무렇지 않게 대하는 용택의 거짓 행동에 혜정이 손을 탁 친다. 노래기 같은 축축한 벌레가 몸에 달라붙어 있는 듯 가까이 오는 것조차 싫은 것이다.

무안한 용택이 침대 위로 올라가 벌러덩 눕더니 이내 코를 곤다. 저놈의 코를 가위로 싹둑 자르고 싶다. 옆에 있다는 게 짜증스러워 가벼운 물건이라면 그대로 들어 거실에 갖다 놓고 싶다. 잠이 올 것 같지 않은 혜정이 일어나 서랍 속에서 수면유도제를 꺼내 한 알을 입에 털어 넣는다. 수면제를 복용한 지 두 달이 되었지만 용택은 그 사실을 아직도 모르고 있다. 아내한테 관심 있는 남자라면 두 달이면 충분히 알고도 남을 시간인데 말이다.

혜정이 작년부터 이부자리에 누웠다 하면 마음이 초조하고 불안해 잠을 쉬 이루지 못한다. 원인을 알고자 병원에 가 내진했지만 특별한 증상이 없어 의사는 수면유도제 처방을 해줬다. 약을 복용하고부터 잠은 비교적 잘 잤지만 노인으로부터 스트레스받는 날은 약을 복용해도 소용이 없었다.

아침 6시 30분에 눈을 떴지만 혜정이 그대로 누워있다. 다른 때 같아선 주방에 있을 시간이다. 몸이 으시시하다. 코가 맹맹하면서 모든 관절이 어긋난 듯 뻐근하다. 이틀 전부터 몸살 증세가 있었지만 어영부영 그냥 넘겼고 거기다 술까지 마

105

셨으니 이윽고 탈이 난 것이다.

"식구들 밥 굶길 참이냐? 빨리 나와 밥 안 하고!"

노인의 가시 박힌 불만이 빈 깡통처럼 요란스럽다. 이불을 헤치고 일어난 혜정이 손수건으로 목을 감고 주방으로 들어간다.

"여자가 술 마시고 비틀거리는 것 동네 창피다. 아범 얼굴에 똥칠 하지 마라."

언제 왔는지 노인이 등 뒤에 서 있다.

"어머니, 나는 술 마시면 안 되고 아범은 술 마셔도 괜찮나요. 이건 공평하지 않잖아요."

말을 되받는 혜정이 된장찌개를 올려놓으며 노인을 본다.

"어른이 무슨 말 하면 듣고 넘어가는 게 있어야 하는데 너는 또박또박 말대답하는 것 고쳐라."

"어머니가 가시 돋친 말을 하잖아요. 이젠 무조건 참지 않을 거예요. 하고 싶은 말 다 하고 하고 싶은 것 다 하고 살 거예요."

"혼수도 쥐꼬리만큼 해 와서는 어디서 큰 소리냐? 혁재 아범에 비해 네가 나은 게 무엇이 있냐? 내가 볼 땐 너하고 살기

엔 아까운 우리 아들이다. 설령 신랑이 바람 피워도 넌 말 할
자격이 없다."

"어머니, 혁재 아범이 무엇이 그리 대단한가요? 내가 아범
보다 부족한 게 무엇이 있나요? 혼수 적게 해왔다니요? 저도
할 만큼 해왔어요. 결혼한 지 십 년이 훨씬 넘었는데 아직도
혼수 타령인가요. 내가 어머니 때문에 미치겠어요. 정말!"

더 이상 입씨름을 했다가는 자신이 쓰러질 것 같은 혜정이
목욕탕으로 들어가는데 용택이 아침 생각이 없다며 그냥 나
가버린다.

아이들을 학교 보낸 혜정이 집을 나와 차를 몰고 바닷가로
향한다. 차창 너머로 들어오는 바람이 얼음 가루가 날리듯 머
리카락 속을 헤집고 들어와 차다.

차에서 내린 혜정이 찻집으로 들어간다. 크고 작은 화분으
로 온아하게 자아냈던 예전 모습과는 다르게 도자기 소품으로
실내가 꾸며져 있다. 한동안 오지 않았는데 그새 주인이 바뀐
모양이다. 혜정이 의자를 바싹 당겨 앉는데 오십 대 중반으로
보이는 여인이 티슈에 손을 닦으며 주방에서 나온다. 차를 시
킨 혜정이 메모지를 꺼내 글을 적는다.

'일을 성공하기 위해서는 우선 좋아하는 일을 하자. 그리고 시작했다면 즐기면서 하자. 일이란 누가 가져다주지 않는다. 스스로 찾아 내 것으로 만들자. 성공하기까지 많은 고난이 있을 것이다. 고난을 발판으로 삼자. 혼자서 안 될 때는 나보다 나은 사람들을 찾아가 도움을 받자. 실패하더라도 실패해 보고 후회하자. 그리고 성공하자.'

혜정이 읽고 또 읽는다.

혜정이 집에 왔을 때 용택이 거실에서 티브이를 보고 있다. 말도 않고 방으로 들어와 화장대 앞에 앉는다. 떨어진 화장지를 줍기 위해 엎드리는데 화장대 위에 놓인 용택의 폰이 깜박인다. 무음을 해 놓은 것이다. 바탕화면에 왕비란 글자가 뜬다. 왕비라면 분명 여자고 보통 남자들이 마누라보고 사용하는 호칭이 아닌가. 예감이 불안한 혜정이 방문을 닫고 폰을 귀에 갖다 댄다.

"자기야, 나야. 지금 통화 가능해? 목소리 듣고 싶어 했어."

"……."

혜정이 말없이 다음 말을 기다린다.

"말이 없는 걸 보니 지금 전화 받을 상황이 아닌 모양이네!

그럼 듣기만 해. 자기 사랑해."

기계 속에서 흘러나오는 여자 목소리가 감촉 좋은 천이 몸에 감기듯 정겹다.

"어쩌나, 난 당신이 사랑하는 사람이 아닌데."

"뚝!"

전화 속 여자가 당황한 듯 전화를 끊는다.

끓다 못해 위로 튕겨 오르는 솥뚜껑처럼 숨이 탁 막히면서 등에서 식은땀이 주르르 흐른다. 그뿐만 아니다. 수전증에 걸린 듯 손이 떨리고 오금이 접혀 다리가 펴지지 않는다. 용택이 이래도 되는 건가. 기가 막힌 혜정이 양손으로 가슴을 눌러 떨림을 누른다. 수십 개의 발을 내리고 죽을 둥 살 둥 매달려 있는 담쟁이처럼 이 집이 뭐가 그리 좋다고 붙잡고 있단 말인가. 따뜻한 인간미는 없고 뾰족한 날만 세우고 공격하는 박씨 집안에 붙어 있다는 게 바보짓이 아닌가. 혜정이 주먹으로 가슴을 툭툭 친다. 그리고 손가락을 벌려 머리를 빗어 내린다. 냉정해야 해. 이까짓 파도 아무것도 아니야. 바람에 휩쓸려 해안가에 쓰러지는 파도가 되지 않으려면 중심을 잃지 않아야 해. 정신 차리자. 내가 대적할 사람은 저 바보 같은 인간들이 아니라 집 밖 세상이야. 나를 지켜내기 위해 지켜준 시간들이 아깝지만 지금이라도 일어나 일로서 승부를 걸어 내 존재성을 보여야 해, 라고 다짐한 혜정이 장롱에서 용택의 넥타이를 꺼내 발로 자근자근 밟는다.

핸드폰을 내려놓기도 전에 또다시 불이 깜빡인다.

"왜, 할 말이 아직 남아 있나?"

"나, 당신 남편 사랑하고 있어요. 이혼해 줘요."

마치 빌려준 물건 되찾겠다는 듯 여자가 당돌하다.

"이혼? 그 이유는?"

"당신 남편 내가 사랑하니까요"

"내가 이혼해 주면 너는 나한테 뭐로 보상해 줄 건데? 남의 자리 빼앗으면 그만큼 보상해 주는 게 당연한 것 아니야?"

"용택 씨가 그랬어. 당신보다 나를 더 사랑한다고."

"재미 보려면 재미로 끝나야지 이혼으로 이어진다는 건 네 남편 네 자식한테 죄짓는 것 아니야?"

"그건 당신이 상관할 일이 아니잖아요. 난 용택 씨가 좋아요."

"그래 좋은 사람끼리 살아야지. 싫은데 같이 사는 것 지옥이지. 이혼해 줄게. 더러운 치사한 자식 내가 싫어. 너 가져.

하지만 지금은 이혼할 때가 아니야."

혜정이 자신도 필요하지 않는데 어쩔 수 없이 들고 있는 물건처럼 말한다.

"지금 한 말 약속 지켜요."

당당하게 이혼을 요구하는 여자는 당돌하다 못해 뻔뻔하다.

"네가 뭔데 약속을 해? 이혼은 혼자 하는 게 아니지 않나? 사내한테 미쳐 가정 버리는 네년도 딱도 하다."

혜정이 기가 막히고 코가 막혔지만 여자를 탓하고 싶지 않았다. 가정이 있는 여자를 꼬드겨 불륜을 저지른 용택이가 나쁜 놈인 것이다. 만일 용택으로부터 버려진다면 저 여자 또한 상처받을 것이다.

이틀이 지나도 용택 입에서 여자 말이 나오지 않는다. 통화했다는 말을 여자가 하지 않았는지 아님 알고도 혜정이가 먼저 말하기를 기다리는지 모르겠지만 혜정 역시 아무것도 모르는 것처럼 거리를 두고 입을 열지 않는다. 용택은 여전히 변함없이 집에 늦게 들어왔고 들어오면 자기 바쁘고 일어나면 서둘러 출근했다. 하숙생처럼 말이다.

혜정이 여성회관에 갔다. 안내에서 문화강좌 프로그램 담당자로부터 설명을 듣고 이층으로 올라가는데 미술 강사로 기간제 근무하고 있는 대학 선배인 유정 선배가 내려온다. 회관에서 강의한다는 걸 알고 있었지만 선배를 이곳에서 만날 거라 생각도 못 했다. 선배는 예비 신부들을 위한 김치 담그기 새 프로그램에 강사로 일할 생각이 없냐고 물었다. 강의하겠다는 선생님이 갑자기 자궁암으로 병원에 입원하면서 자리가 공석이라는 것이다. 걸어서 십 분 거리에 살고 있어 김치를 담을 때마다 조금씩 갖다 주었더니 혜정의 김치 솜씨를 알고 있었던 것이다. 혜정이 생각할 필요도 없이 담당자를 찾아가 하겠다고 하자 다음 주부터 바로 강의하라는 것이다. 혜정은 김치라면 자신 있었다. 제일 잘하는 일을 하게 되었으니 이게 어딘가. 보수가 작아도 괜찮았다. 이렇게 작은 것부터 하다 보면 큰 기회가 오지 않겠는가. 기회는 항상 준비하고 있는 자한테 온다고 했으니 말이다.

유정 선배는 전시회 경험이 많지 않은 무명 화가지만 그런대로 사명감으로 일에 최선을 다하고 있다. 돈을 벌기보다 자신 개발을 위해 끊임없이 노력하는 열의 있는 여자다.

"선배, 감사해요. 이렇게 선배 덕을 보네요. 이것을 기회로 삼아 김치 명인이 될 거예요. 일찍이 사회활동을 했어야 하는데, 눈만 뜨면 시작되는 노인 잔소리와 바람난 남편을 보고 있자니 산다는 게 무의미했어요."

뜨개질하다 놓친 코처럼 가슴에 구멍이 뚫린 듯 혜정이 발밑을 본다.

"그래서 일이 있어야 된다는 거야. 지금까지는 가족들을 위해 살았다면 지금부터는 네 자신을 위해 살아."

"이틀 전에 남편과 바람난 여자한테서 이혼해 달라는 말을 들었어요. 그 말을 듣는 순간 그 여자도 밉지만 남편이 더 미웠어요. 이혼하고 싶지만 아이들이 눈에 밟혀 그것도 안 되고 그렇다고 남편하고 같은 방 쓴다는 게 지옥처럼 느껴져요."

"요즘 이혼하는 부부가 많으니까 이혼이 흉이 아니라고 하지만 가능한 이혼은 하지 마. 남편 정 없으면 아이들 정으로 살아. 너는 김치를 잘 담으니까 김치로 도전해 봐. 일을 하다 보면 좋은 일이 많을 거야."

유정은 이혼을 막는다.

"선배가 나 좀 이끌어 줘요."

"알았어. 네 남편 바람났다고 하니 내 경험 한 가지 말해 줄까?"

"해 보세요."

"ㅅ ㅅ 클럽이란 말 들어봤지?"

"네. 가입은 하지 않았어요."

"그곳에서 채팅했는데 오래 하면 안 되겠더라. 바람나기 딱 좋은 곳이야."

채팅 경험이 있는 유정이 ㅅ ㅅ 클럽에 대해 좋은 감정이 아니다. 처음에는 쪽지를 주고받다가 나중에는 만남으로 연결된다고 했다. 호기심이 결국은 모텔까지 가는 경우가 대부분이라며 남자와 여자는 절대로 친구가 될 수 없음을 강조했다.

유정 선배와의 만남은 두 시간이 훌쩍 지나서야 헤어졌다. 저녁 시간이 늦은 혜정이 급히 대문 안으로 들어서는데 노인은 대야에 담긴 물을 혜정 가슴팍에 홱 뿌린다.

"지금 몇 신데 이제 들어와! 바람나 돌아다니는 여자 필요 없어 나가!"

대야를 마당에 던지고 혜정을 향해 삿대질하는 노인 팔이 허공에서 빨랫줄에 걸린 빨래처럼 흔들린다.

"어머니, 제가 바람피우는 것 봤어요? 이 집 나갈까요?"

난데없이 물벼락 맞은 혜정이 엉거주춤하다 머리에서 흘러내린 물을 손으로 훔친다.

"사내하고 바람났으니 이제 기어들어 오지."

쌍심지 켠 노인 눈이 당장에 머리채를 잡아당겨 마당에 패대기칠 기세다.

"어머니하고 사는 게 지옥이네요. 네, 나가주지요. 이놈의 집구석 나도 싫어요!"

혜정이 방에 들어가 옷가지를 주섬주섬 챙겨 집을 나온다. 홧김에 큰 소리 치고 나왔지만 막상 갈 곳이 없다. 결혼하고 처음으로 집을 나온 것이다. 혜정이 폰을 꺼내 '어머님이 나 보고 사내놈하고 바람피우고 들어왔다고 나를 쫓아내네. 집에 들어가고 싶을 때 들어갈 테니 전화하지 마'라는 문자를 용택한테 날리고 폰을 꺼버린다. 사정 얘기해 봤자 노인을 편애할 게 뻔해 말하기 싫은 것이다.

집을 나왔지만 마음이 초조하거나 불안하지 않았다. 다만 말도 하지 않고 나온 혁재와 민정이가 마음에 걸리지만 어쩔 수 없었다.

시간이 늦어 원룸을 구할 수 없는 혜정이 오늘은 모텔에서 묵기로 하고 시내로 차를 돌린다. 파도에 물어뜯긴 배의 밑동처럼 쩍 갈라진 폐기물 수거장을 지나 모텔 앞에서 주차하고 차에서 내린다. 그리고 화려한 불빛을 물고 있는 모텔 건물을 올려다본다. 무지갯빛으로 네온사인이 흐른다. 네모진 건물 속에서 불륜을 즐기는 그들은 진정 행복할까. 또한 믿음과 진실이라는 게 있을까. 육체의 욕망 과연 그 끝이 아름답게 끝날까.

아베크족이 지나간다. 혜정이 두 걸음 뗐을까. 언제 봤던 건물처럼 풍경이 눈에 익어있다. 내부가 잘 보이지 않게 높은 담장이 그렇고 술잔을 마주한 호프집 간판이 그렇다. 모텔 입구 화단에 있는 사철나무를 보면서 용택과 여자가 들어간 모텔임을 혜정이 기억해 낸다. 지미 씨와 함께 배신으로 온몸을 떨며 지켜봤던 곳이다. 혜정이 모텔 문을 열고 안으로 들어가자 기다리고 있었다는 듯 닫혀 있던 작은 문이 열린다.

"잠깐 쉬었다 가는 건 삼만 원이고 자는 건 사만 원 입니다."

작은 미닫이문 사이로 중년의 여자 목소리가 새 나온다.

"하룻밤 잘 것입니다."

돈을 건네자 열쇠를 내미는 주인 여자 손이 철사로 뼈대를 만든 의수 같다. 열쇠를 받아든 혜정이 엘리베이터를 이용하지 않고 복도 끝에 있는 계단을 이용한다. 삼층 계단을 올라 안으로 들어가자 긴 복도를 가운데 두고 양쪽으로 방이 있다. 그 위로 안개에 가려진 불빛처럼 실내등이 희미하다. 용택이 여자와 함께 이 복도를 걸어 들어갔을 것이고 은밀한 밀실에서 여자를 안고 뒹굴었을 것이다. 애무에 온몸을 맡긴 여자는 달콤했을까. 그랬을 거야. 그러니까 사내를 만나고 다니지. 머리는 상상하고 눈은 호실을 읽으며 천천히 안으로 들어가는데 엘리베이터에서 두 남녀가 내린다. 어두워 나이는 쉽게 가늠할 수 없지만 근육이 둥실하게 붙은 덩치가 사십 대 중반으로 보인다. 남자는 당당하게 걷는 반면 음지식물처럼 키가 작은 여자는 핸드백으로 얼굴을 가린다. 저 남자의 부인도 저 여자의 남편도 들어오지 않고 있는 빈자리를 쳐다보며 기다리고 있지 않겠는가. 두 사람이 꽃뱀처럼 스르르 코너를 꺾어 사라질 때까지 보고 있는데 트레이닝 차림에 키가 작달막한 사내가 방에서 불쑥 나와 누구를 쫓아가듯 황급히 비상구 쪽으로 뛰어간다.

방문을 열자 날아오르지 못한 냄새가 일제히 일어난다. 여러 겹의 냄새가 온몸을 에워싼다. 냄새에 결박당한 혜정이 씻을 생각도 않고 창밖을 본다. 건너편 일식집 마당 가장자리에는 작은 물레방아가 돌아가고 그 옆으로는 분수가 하얀 수증기를 품어내고 있다.

혜정이 등을 침대에 기대고 바닥에 앉는다. 그때 끙끙 앓는 여자의 신음 소리가 들린다. 정상을 눈앞에 두고 막바지 힘을 쏟고 있는 듯 욕정이 가파르다. 송충이가 기는 듯 소름이 돋으면서 혜정이 일어나 각 티슈 상자를 들고 벽을 두 번 친다. 그래도 소리가 좀체 사라지지 않는다. 소리에서 벗어나고픈 혜정이 티브이를 크게 켜놓고 창가 쪽으로 간다. 보름달이 옆 건물 위에 걸려있다. 어느새 일이 끝났는지 자지러지던 소리가 사라지고 살점을 발라낸 생선의 뱃속처럼 고요하다. 혜정이 샤워실로 들어간다. 자신 몸에 어딘가에 붙어 있을지 모르는 용택의 냄새를 씻으려고 바디샴푸로 온몸을 박박 문지른 뒤 수도꼭지를 힘껏 돌린다. 그리고 물을 맞으며 오랫동안 서 있다.

그리움을 읽다

집에 들어가고 싶을 때 들어갈 테니 전화하지 말라는 혜정의 문자를 받은 지 사흘이 지났다. 전화해도 받지 않고 어디 있는지조차 모르는 용택이 처가에 연락을 할까 하다 그냥 둔다. 처가에 갔다면 장모한테서 벌써 연락이 왔을 덴데 지금껏 연락이 없는 것 보면 처가도 안 간 것 같고, 친구인 지미 씨한테 연락을 했지만 모른다고 하고, 혜정한테서 연락 오기 전까지는 통화할 수 없으니 애가 탄다. 어디 있다는 것만 알아도 숨통이 트일 것 같은데 그것조차 알 수 없으니 귀한 물건을 잃어버리고 찾지 못해 애타는 심정이다.

　노인과 혜정이 다툴 때마다 노인을 편애 한 건 혜정이가 밉고 싫어서가 아니라 노인을 서운하게 하고 싶지 않아서다. 자식 넷을 혼자 길러낸 노인한테 효자 자식이라 소리는 못 들어도 불효자라는 말은 듣고 싶지 않았다. 그러다 보니 본의 아니게 혜정을 나무랐고 무시했다. 남편으로서 따뜻하게 감싸주지 못했고 늘 핍박만 했으니 미안했다. 미안한 것으로 친다면 어디 그뿐인가. 결혼기념일과 생일 한 번 챙겨주지 않았다. 그럼에도 혜정은 드러내놓고 서운해하지 않았다. 가장 위로 받을 사람한테 위로 받지 못했으니 그 속이 오죽하겠는가. 많이 아팠을 것이다.

　혜정이 없는 집안은 불편한 게 한두 가지가 아니었다. 매일 한 번씩 현옥이 와 도와주지만 그래도 가사도우미를 불러 노인을 돕게 했다. 문제는 그게 아니었다. 엄마 없는 빈자리에 혁재와 민정이 야단맞은 아이처럼 기가 죽어 있었다. 묻는 말에 대답만 하고 방에 들어가면 통 나오지 않는다.

　용택은 경직된 듯 미동도 없이 앉아 있다가 화장대 앞에 놓인 사진을 본다. 삼 년 전 가을에 형제들과 함께 펜션 빌려 놀

러 갔을 때 찍은 것이다. 그때도 말이 놀러 간 것이지 혜정한
테는 집에서 일하는 것과 별다르지 않았다. 제수씨와 여동생
들이 옆에서 거들지만 혜정이 하는 일이 더 많았다.

용택이 일어나 아이들 방으로 건너간다. 허물을 벗어놓고
몸만 빠져나간 뱀처럼 옷들이 여기저기 늘려있을 뿐 아이들이
없다. 걱정이 된 용택이 놀이터로 가 보지만 보이지 않는다.
빠른 걸음으로 언덕을 올라 모퉁이를 돌아서는데 저만큼 혁재
와 민정이 한 쌍의 연인처럼 나란히 앉아있다.

"오빠, 엄마는 어디에 계실까? 엄마 보고 싶어."

"곧 오실 거야. 조금만 참자."

"아빠가 다른 여자하고 살면 난 엄마하고 살 거야."

"그건 나도 마찬가지야. 우리는 엄마하고 살아야 해."

"맨날 할머니 편만 드는 아빠 싫어. 은정이가 그러는데 우
리 아빠 바람났데. 아빠가 다른 여자하고 다니는 걸 은정이 엄
마가 몇 번 봤데."

손가락으로 바위를 툭툭 치며 고개 숙인 민정 눈에 이슬이
맺힌다.

"우리 민정이 많이 속상했겠네. 그런 말 마음에 두지 마.

우린 열심히 공부해야 해. 우리까지 엄마 힘들게 하지 말자."

앞으로 넘어간 민정의 머리를 어깨 뒤로 넘겨주는 혁재 모습이 어른스럽다.

"알았어. 엄마한테 전화 해야 할까?"

"하지 마. 엄마가 전화 안 할 땐 사정이 있을 거야. 조금만 기다리면 엄마 돌아올 거야. 이제 내려가자."

혁재는 민정의 손을 잡고 자리에서 일어선다. 바위 뒤에 숨어 지켜본 용택이 놀란다. 자신이 여자 만나고 있다는 걸 민정이가 알고 있었다니, 아이들이 안다면 당연히 혜정도 알고 있다는 얘기 아닌가. 고무줄로 팽팽하게 잡아당기는 듯 뒷골이 당긴 용택이 손으로 목을 누르는데 폰이 울린다. 혜정이다.

"내 계좌로 돈 좀 보내줘요. 돈이 없네. 이런 일을 대비해 당신 몰래 비밀통장을 만들어 놨어야 하는데 바보같이 그런 것도 못 하고 살았네."

"집에 들어와."

"어머니한테 욕먹는 것도 싫고 알맹이는 없고 거죽만 있는 당신도 싫어. 당신 사랑하는 여자 있잖아. 그 여자 데려다 잘살아. 난 지금까지 가족을 위해 희생만 하고 살았어. 내 삶이 더 망가지기 전에 내 존재성을 찾을 거야."

"여보, 우리 만나자 만나서 얘기하자."

"그렇다면 지금 시내로 나와. 백화점 앞 파랑모텔 앞 카페
로 와."

통화를 끝낸 용택이 난감한 표정으로 박제된 새처럼 서 있
다. 자신한테 여자가 있다는 걸 어떻게 알았단 말인가. 혜정
이 집 나간 게 노인의 구박이 듣기 싫어 나간 게 아니라 자신
때문에 나갔다는 걸 확연히 느끼고 있다. 미친놈이라고 했을
테고, 꼴도 보기 싫었을 테고, 괘씸하고 용서하지 못할 인간이
라고 가슴치고 울었을 것이다. 속은 썩어 문드러져도 자신 앞
에서는 아무렇지 않게 행동하는 그 속이 오죽했겠는가. 차라
리 죽일 놈이라고 소리쳐 화를 냈다면 덜 미안할 건데 침묵으
로 대직한 그 아픔은 바늘로 가슴 찌르는 고통이었을 것이다.
용택이 서둘러 약속 장소로 간다.

일요일 오전이라 도로가 한산하다. 삼거리를 빠져 해안도
로 들어서자 햇살에 반사된 강이 은박지가 깔린 듯하다. 따르
르, 폰이 울리지만 받지 않는다. 보나 마나 소연일 것이다. 늘
예쁘고 좋았던 소연이가 오늘은 쓸데없이 붙어있는 혹처럼 불

편하다. 이런 기분은 소연을 만나고부터 처음이다. 소연은 사랑이 무엇인지 알게 했다. 쫄깃쫄깃한 젤리 같은 여자, 보고 있으면 가슴이 뜨거워지는 여자, 반달처럼 웃는 미소가 사람의 마음을 쏙 빼는 구석이 있어 애인으로서 부족함이 전혀 없다. 사내들이 좋아하는 그런 여자다. 음식을 먹다가 입술에 묻은 게 있으면 티슈로 닦아주고 손톱이 길다 싶으면 깎아주고, 만나거나 헤어질 땐 잊지 않고 볼에 뽀뽀를 했다. 그런 다정다감한 성품은 어느 한구석 싫은 게 없었다.

그런 소연이가 좋아 혜정한테는 출장 간다고 거짓말하고 여행을 갔고 백화점에 데려가 목걸이와 반지를 선물했다. 그렇게 소연한테는 아낌없이 하면서 진작 혜정한테는 그렇지 못했다. 혜정하고는 언제 여행 갔었는지 기억에도 없다. 생일과 결혼기념일이 언제더라, 생각나지 않는다. 혜정한테는 이웃집 아주머니 보듯 무관했다. 그야말로 잠만 자고 나가는 하숙생으로 무늬만 부부였다.

주유소를 돌아 완만한 곡선도로를 따라 왼쪽으로 꺾어 나오자 카페가 저만큼 보인다. 만나자는 약속 시간이 십 분이 지났는데 혜정 모습이 보이지 않는다. 늦는 모양이다. 창문을 내리고 하늘을 보는데 비행기가 새처럼 날아가고 코너를 꺾어 온 연인이 모텔 앞에서 이야기를 주고받는다. 미간이 좁고 턱뼈가 유난히 불거져 나온 사내가 여자 손을 잡자 여자가 뿌리친다. 그 바람에 들고 있던 쇼핑백이 땅에 툭 떨어진다. 여자는 쇼핑백을 줍지 않고 그대로 서 있다. 여자가 팽하니 돌아서 카페 담장 쪽으로 가자 남자가 쇼핑백을 주워들고 따라간다.

"잠깐 저기 가서 쉬었다 가자는데 왜 그래. 당신답지 않게. 나 당신 안고 싶어."

"지금 생리가 있어 안 된다고 했잖아."

"우리 관계는 하지 말고 누워만 있자. 나 당신 안고 싶단 말이야."

"관계는 안 하는 거다."

둘은 나란히 모텔로 들어간다. 거리가 멀어지면서 무슨 소리 하는지 들리지 않는다.

약속 시간 반 시간이 지났는데도 혜정이 나타나지도 않고 전화 연락도 없다. 전화를 걸까 하다가 조금만 더 기다려보기로 한다. 사십 분이 지났을까. 딩동, 하고 들어온 혜정 문자가 갑자기 일이 생겼다며 다음에 만나자는 것이다.

마음이 잡스러운 용택이 큰길로 나와 바닷가 쪽으로 핸들을 돌린다. 아랫도리까지 옷을 벗은 나무가 마치 듬성듬성 빠진 중년남성의 머리 같다. 차가 힘겹게 오르막을 오르자 차선 하나를 막고 지난여름 태풍 때 산사태로 망가진 보호막 보수 공사가 한창이다. 인부의 신호를 받고 천천히 모퉁이를 돌아 산 중턱에 오른다. 작은 묘지처럼 포장마차가 저만큼 보인다. 몇몇 사람들이 뭘 먹고 있다. 용택이 쉬어갈 요량으로 도로 가장자리에 차를 세운다. 작은 구멍가게를 갖다 놓은 듯 간단하게 먹을 수 있는 컵라면부터 떡볶이까지 있다. 용택이 커피 한 잔을 사 들고 돌 위에 앉는다. 바람에 날아온 낙엽 하나가 용택의 어깨 위로 떨어진다. 비를 몰고 올 듯 하늘이 먹구름으로 깔려있다.

한기를 느낀 용택이 두 손으로 얼굴을 감싼다. 뺨을 어루만지며 숨을 길게 내 쉬자 허연 입김이 허공으로 날아간다. 폰이 또 울린다. 소연이다.

"자기야, 전화해도 안 받고 문자 보내도 연락도 없고 무슨 일 있어?"

산뜻한 소연의 목소리가 기계 속에서 통통 튄다.

"지금 손님하고 있으니 나중에 연락할게."

용택이 거짓말을 한다. 소연을 사랑하지만 같이 살아야겠다는 생각은 한 번도 한 적이 없다. 단지 애인으로 옆에 두고 싶을 뿐이었다. 좋아하는 장난감을 항상 손에 쥐고 있는 아이처럼 말이다.

"자기야, 지금 어디야? 사무실에 전화하니까 당신 오늘 안 나왔다고 하던데."

"손님하고 있다고 그랬잖아."

용택 목소리에 짜증이 실려 있다.

"자기 보고 싶어."

"끊자."

"자기 사랑해."

햇살에 반사된 양철처럼 소연의 말이 반짝반짝 빛난다. 소연은 언제나 그랬다. 달콤한 꿀을 한 스푼 먹은 듯 달짝지근하다. 이런 소연의 사랑스러움에 하늘이 자신한테 준 선물이라고 생각했다. 그렇게 좋기만 했던 소연한테 거짓말을 한 것이다. 언제나 만나자고 하면 아무리 바쁜 일이 있어도 소연을 만났다. 소연을 만나는 건 일 중 하나로 생활의 일부였다. 어쩌다 만나지 못할 때는 폰으로 통화와 문자를 주고받았고 사랑한다는 말을 수도 없이 하였다. 용택은 소연을 사랑했다. 그무엇을 줘도 아깝지 않았고 좋은 물건을 보면 사 줬다. 모텔에가고 여행가고 그렇게 다니는 동안 혜정이가 남이고 소연이가 아내였다. 몰래 한 사랑이 얼마나 짜릿하고 달콤한지 부정한 길도 정당한 것처럼 행동했다. 소연은 정말 없어서 안 되는소중한 보물 인가 하면 혜정은 오래전에 지하실에 넣어둔 물건처럼 있는지 없는지도 모르는 그런 관심 없는 물건이었다.

용택이 소연을 만난 건 삼 년 전 겨울이다. 그러니까 꼭 삼년이 된 셈이다. 그때는 거래업체가 장기간 파업으로 납품을하지 못해 정신적으로나 경제적으로 힘들 때였다. 거래업체사장이 소연을 데리고 나와 같이 술 마시면서 알게 되었지만소연을 처음 본 순간 한눈에 반했다. 중년 여성답지 않게 군살이 없고 대나무처럼 죽 뻗은 몸매에 등까지 내려온 굽실한 웨이브가 마치 연예인 같은 분위기를 풍겨 안고 싶은 충동이 절제가 되지 않았다. 소연의 남편은 대기업에 다닌다. 남편과 아이 둘을 둔 평범한 주부지만 돈을 밝혔다. 용돈을 손에 찔러주면 간이라도 빼줄 듯 잘해줬다.

그렇게 달콤하게 여자하고 보내는 동안 혜정은 집에서 전쟁 아닌 전쟁 속에서 산 것이다. 노인 말로는 늦게 다녀 야단쳤더니 집을 나갔다고 하지만 이유는 그게 아니라는 걸 용택이 이제야 안 것이다. 자신한테 여자가 있다는 걸 알고 이래저래 속이 상해 나간 것이다. 자신 여자 문제로 힘들어 미칠 지경인데 거기다 노인한테 물벼락까지 맞았으니 집에 붙어 있고 싶었겠는가. 폭발하지 않는 게 오히려 이상한 것이다. 자신의 외도를 알고도 말하지 않는 그 속이 오죽했으랴.

용택도 노인이 마냥 좋지 않았다. 지나치게 혜정한테 함부로 대할 땐 속이 상했지만 단 한 번도 드러내놓고 혜정 편을 들지 않았다. 그럴 때마다 혜정이 서운할 거라 생각하면서도 위로하지 않았다. 자식으로서의 도리를 접고 싶지 않아 노인만 챙긴 것이다.

"등 따뜻하고 배부르니 이젠 안 하던 짓을 하네. 어디서 못된 걸 배워 집을 나가 못된 것. 너 정도면 여자 수두룩하다. 절대 데려올 생각하지 마라."

마당을 쓸고 있던 노인이 대문 안으로 들어서는 용택을 향해 과녁처럼 쏘아 올린 얼굴엔 분노가 웃자라고 있다.

"어머니, 그만 하세요."

"집에 오기만 해 봐라."

혜정이 눈에 띄는 날엔 그냥 있지 않겠다는 의도가 강하다. 저건 억지다. 저런 괴팍스러운 노인과 하루 종일 있어야 하는 혜정 마음이 오죽하랴 싶었다. 자신 외에는 그 누구한테도 너그럽지 못한 노인은 고생하며 살아온 세월을 며느리한테 보상받으려고 당신 손으로 할 수 있는 일도 하지 않고 혜정이가 해 주기를 원했다. 그러다 보니 크고 작은 충돌이 자주 일어났다. 작은 일에도 참지 못하고 폭발하는 노인의 버릇은 지나치다 싶을 정도로 심했고 삼시 세끼 다 차려야 하는 고생은 여자로선 여간 힘든 게 아닐 것이었다. 그나마 혜정이 순해 노인 뜻에 응했지 웬만한 여자 같아선 이혼했거나 분가했거나 둘 중 하나는 했을 것이다.

민정

수업을 마치고 학교 정문을 빠져나온 민정이 문방구로 향한다. 그곳에는 반 아이들이 있다. 그중에 짝지인 혜은이도 있다. 만나면 늘 반갑게 대하던 혜은이가 오늘은 아는 체도 않고 다른 아이들 틈에 서 있다.

"혜은아, 같이 놀자."

민정이 혜은 옆으로 다가서자 혜은은 슬그머니 반대 방향으로 자리를 옮겨간다. 그리고 자기네들끼리 무슨 말을 주고받는다.

"얘, 우리 엄마가 그러는데 쟤네 아빠 바람났데. 그래서 쟤네 엄마 집 나갔데."

"우리 엄마도 그랬어. 문제 있는 부모 밑에서 뭘 배우겠어. 맨날 싸우는 것만 봤겠지. 난 민정이 하고 놀고 싶지 않아."

평소에 잘 지내던 혜은이 민정이가 전염병에 걸린 것처럼 피한다.

"우리 아빠 바람난 것 아니야. 그리고 우리 엄마 집 나간 것 아니야. 몸이 안 좋아 외갓집에 간 거야. 너희들이 뭘 안다고 우리 엄마 아빠 말해?"

"너희 아빠 다른 여자하고 쇼핑하는 것 우리 엄마가 백화점에서 봤데. 그래도 바람난 것 아니야! 얘들아 가자."

친구들이 문방구를 빠져나가자 민정이 백혈병에 걸린 듯 기운 없이 동사무소 뒤로 올라간다. 집에 가기 싫은 것이다.

"엄마, 어디 있어. 빨리 집에 와. 아빠도 싫고 할머니도 싫어 으흐흑……."

우는 민정이 얼굴에는 엄마에 대한 그리움으로 그윽하다. 민정이 지친 듯 바위 위에 눕는다. 바람이 몸 위로 스치고 저 멀리 차 경적 소리가 들린다. 눈이 감기면서 사물이 가물가

물 거린다.

한편 학원 갔다 와도 벌써 왔어야 할 시간이 넘었음에도 민정이 돌아오지 않고 있자 혁재는 가만히 있지 못하고 방에서 거실로 거실에서 방으로 들락날락한다. 그러나 노인은 안방에서 티브이만 보고 있다. 혁재는 대문 밖으로 나간다. 혹시 노인한테 야단맞아 못 들어오고 집 근처에 있지 않을까 해서다. 집 주변과 게임 방을 돌아도 보이지 않는다. 그 사이 집에 왔을까 하고 대문 앞에 서 있는데 용택 차가 들어온다.

"왜, 나와 있어?"

차에서 내린 용택이 혁재 곁으로 다가선다.

"아직 민정이가 안 왔어요. 학원에 전화하니까 학원에도 안 왔다고 하고……."

"체육공원에 가 봤어?"

"갈만한 곳은 다 찾았는데 없어요."

운동시설까지 갖춘 체육공원은 산 밑에 위치하고 있어 아이들이나 어른들이 즐겨 찾는 곳이다. 어둠이 깔리자 거리는 가로등이 켜지고 유리창에 얼비치는 불빛이 누르스름하다. 혜정이 집에 있을 땐 민정이 이런 적이 단 한 번도 없었다. 집

근처 가게를 가도 꼭 말하고 간 아이다. 지금까지 연락이 없고 나타나지 않는다는 건 무슨 일이 있는 게 분명하다. 찾는 시간이 길어지자 마음이 불안한 용택이 다시 한번 마을을 돌기 위해 아래로 내려간다. 그 뒤를 혁재가 따른다. 그때 민정이 학원 친구로 가끔 집에 놀러 오는 솔지가 신발가게 쪽에서 오고 있다.

"혹시 민정이 못 보았니?"

용택 앞을 가로질러 선 혁재가 묻는다.

"아까 민정이 책가방 메고 동사무소 뒤쪽으로 올라가는 것 봤어."

솔지가 가리키는 방향은 산길이다. 야트막한 야산으로 혜정과 민정이 가끔 운동 삼아 가는 산이다. 길을 잘못 든 걸 알고 불현듯 느껴지는 엄습한 불안처럼 혁재 눈이 심하게 흔들린다.

"아무 일 없을 거야. 조금만 더 찾아보고 없으면 그때 파출소에 신고하자."

마음이 급한 용택의 길음이 빨라진다. 숨이 차고 입이 바싹 바싹 마른다. 산 중턱쯤 올랐을까. 한 남자가 누군가를 업고

급히 내려오는 게 저만큼 보인다.

"혹시 이 아이 찾지 않소?"

사내는 힘이 든 듯 헐근거리며 숨을 몰아쉰다.

"맞습니다. 이 아이가 어디 있던가요?"

"저 위에 쓰러져 있었어요. 내가 폰이 없어 신고도 못 하고 업고 내려오는 중이요. 빨리 119에 신고부터 하세요. 몸이 차가워요."

"감사합니다. 연락처 좀 주십시오. 나중에 인사드리겠습니다."

"아니오. 빨리 아이나 챙기시오."

사내가 힘이 들었는지 숨을 몰아쉬며 허리를 편다.

연체동물처럼 축 처진 민정의 몸이 차갑다. 용택이 입고 있던 상의를 벗어 민정한테 덮어주고 꼭 안는다. 신고한 지 십 분이 채 되지 않아 두 명의 대원이 올라온다. 대원들에 의해 응급조치를 받으며 병원으로 옮겨졌지만 민정은 깨어나는가 싶으면 또 혼수상태로 돌아가고 그렇게 하기를 몇 번이고 반복한다.

"이제 민정 옆에 제가 있을게요. 아빠는 가세요."

"아니다. 내가 있을 거니까 집에 가."

"민정 옆에 아빠 있는 게 내가 싫어요."

"……."

그동안 쌓인 게 많다는 걸 느낀 용택이 아무 말도 하지 않는다.

"아빠 가슴에 엄마와 우린 없잖아요. 엄마가 얼마나 힘들게 사는지, 내가 어떤 고민을 하는지, 우리가 뭘 원하고 있는지, 아빠는 알려고 하지 않았어요. 돈만 주면 아빠 역할 다 한 것으로 생각하잖아요."

"미안하다."

그동안 자신이 집안을 등한시하고 살았음을 혁재로부터 느낀 용택이 매운 청양고추를 먹은 듯 코끝이 알싸하다. 미안한 것이다. 회사 일이 바빴고 소연을 만나느라 집에 늦게 들어왔고 집 식구들이 아픈지 뭘 하는지 무슨 일이 있는지 용택은 무관심이었다. 혜정이 뭘 해야겠다고 하면 돈만 주면 그만이었다.

민정이 지금으로선 엄마가 가장 생각날 거라 생각한 용택이 혜정한테 연락을 한다. 다행히 가까운 곳에 있었는지 혜정이 반 시간 만에 병원에 도착하지만 혁재는 혜정한테 눈길도 주지 않는다.

"엄마, 저녁마다 우는 민정이를 생각해 봤어? 민정이를 생각하고 나를 생각했다면 전화 한 통이라도 할 수 있는 것 아니야?"

분노 같기도 하고 울분 같기도 한 덩어리가 목젖을 밀고 나오는 듯 혁재 목소리가 높다.

"미안해, 이 엄마가 잘못했어. 하지만 어쩔 수 없었어. 엄마 사는 게 너무 힘들다 보니 그랬어. 민정이 퇴원하면 같이 살자."

아이들이 무슨 죄가 있어 이런 고생을 시키는가 싶은 혜정이 혁재 손을 꼭 잡는다. 그러는 동안 용택은 간호사실 앞 의자에 앉아있다.

"엄마!"

정신이 들은 민정이 눈을 게슴츠레 뜬다.

"민정아, 미안해. 엄마가 잘못했어. 이제 우리 민정이 하고 같이 살 거야. 걱정하지 마."

혜정이 허리를 숙여 민정을 꼭 안는다.

뒤늦게 민정이 소식을 듣고 병원에 온 노인 눈이 포획물을 발견하고 쫓아가듯 혁재와 민정을 지나 혜정한테서 멈춘다.

"그래, 네 새끼 아프다니까 왔냐? 못된 것. 네 발로 나갔으니 다시는 내 집에 들어올 생각 마라. 지금 네가 하는 행동은 우리 용택이 앞길 막는 일이다."

혜정을 보자 가라앉았던 분이 다시 되살아나는 듯 노인은 분개한다.

노인으로부터 한 소리 들은 혜정이 아랫배가 숙변이 쌓인 듯 묵직하게 느껴지지만 이렇다 말이 없다.

"할머니, 우리 엄마한테 이러지 마세요. 오빠와 나는 엄마하고 살 테니 할머니는 아버지하고 사세요."

아픈 아이 같지 않게 민정 목소리가 카랑카랑하다.

"이놈의 계집애 말하는 버르장머리 봐라."

어른한테 버릇없이 군다 싶은지 노인 얼굴이 태열로 붉어진 아이 얼굴 같다.

"할머니, 지금 아픈 아이한테 이러시면 안 돼요. 그리고 이곳은 여러 환자분이 있으신 곳이라 이렇게 소란스럽게 하시면 안 됩니다."

링거병에 다른 주사를 투입하며 간호사가 노인을 향해 한 마디 하자 노인은 속에서 뜨거운 게 올라오는지 휑허케 병실을 나가 용택 옆에 가서 앉는다.

검사 결과를 본 담당 의사가 입원할 필요까지 없다며 퇴원하라고 한다. 아무 이상이 없다고 하니 다행이다 싶은 혜정이 이참에 집에 들어갈까 생각을 하지만 조금 전 집에 들어올 생각 마라, 용택이 앞길 막는다, 라고 엄포로 윽기를 보인 노인 말이 떠오르면서 집에 들어갈 마음이 없어진다.

"민정아, 조금만 기다려. 엄마가 곧 데리러 올게."

민정의 옷을 바르게 고쳐주며 바라보는 혜정 눈에 이슬이 맺힌다.

"알았어. 빨리 와."

금방이라도 울음보가 터질 것 같이 눈물을 머금은 민정이 고개를 끄떡인다. 그 바람에 물방울이 구르듯 눈물이 볼로 타고 흘러내린다. 병원을 나온 혜정이 울음을 삼키며 아래로 뛰어 내려간다.

밀어내기

바닥까지 내려앉은 기분 때문인지 용택이 노인을 보고도 인사도 않고 이내 방으로 들어간다. 그리고 침대 위에 쓰러진다. 마음이 어수선하고 거기다 몸까지 피곤한 것이다. 이런 현상은 소연을 정리해야겠다는 생각을 하면서 생긴 것이다. 정리 쪽으로 마음을 굳힌 용택이 소연을 일방적으로 피했고 그만 만나자고 했다. 그러자 소연이 받아드릴 수 없다며 매일 울먹이며 전화를 했고 그럴 때마다 달려가 그녀의 아픈 마음을 보듬어 주고 싶었지만 참았다. 더 이상의 만남은 안 되고 이즈

음에 정리하는 게 맞다 싶어서다. 이별치고 슬프지 않은 이별이 어디 있겠는가. 용택 역시 소연만큼이나 힘들고 괴로웠다. 싫어서 등을 돌린 게 아니라 현실이 그걸 허락하지 않아 헤어지는 거라 마음이 더 쓰리고 아픈 것이다.

"아범아, 어미하고 이혼해라. 너 정도면 얼마든지 여자 많다."

문을 반쯤 열고 서서 노인이 말한다.

용택이 벌떡 일어나 노인을 본다. 얼굴색 하나 변하지 않고 이혼을 권하는 노인 행동에 가다가 돌부리에 걸려 무릎을 다친 듯 정신이 아찔하다. 이혼을 하려고 해도 막아야 할 판에 오히려 이혼시키려고 하니 저건 부모가 할 소리가 아닌 것이다. 혜정이가 바람피워 문제 일으킨 것도 아니고 그렇다고 식구들한테 소홀하게 대한 것도 아니고 오르지 식구들을 위해 희생만 하고 산 혜정인데 뭐가 그리 마음에 들지 않아 저런 독한 소리까지 하는지 부모지만 정이 딱 떨어진다. 용택이 옷을 주섬주섬 챙겨 입는다.

"어머니, 전 어미하고 이혼할 생각 없어요. 그러니 두 번 다시 그런 말 입 밖에 꺼내지도 마세요. 내가 이혼한다고 해도

141

어머니가 말려야 되는 것 아닌가요? 제발, 치매 걸린 노인처럼 그러지 마세요."

용택이 문을 탁 닫고 집을 나온다. 당신은 주는 것 없이 어른으로서 대접받으려고 하고, 무시한다는 생각이 들땐 앙탈 부리며 윽박질러 주변 사람들을 힘들게 하는 노인이라는 걸 익히 알고 있었지만 이 정도로 경우 없는 노인이라는 걸 용택이 처음으로 안 것이다.

불빛을 안은 상점들이 입 벌린 하마처럼 문을 열어놓고 손님을 기다리고 있다. 지물포와 통닭집 사이에 위치한 포장마차가 눈에 들어온다. 포장마차는 저녁 아홉 시부터 새벽 네 시까지 하는 밤샘 장사로 이곳에 자리 잡은 지 오래되었다. 용택이 안으로 들어서자 주인 여자가 다가와 의자까지 꺼내준다.

"오래간만에 오셨네요. 많이 바빴나 봐요?"

주인 여자는 기다렸다는 듯 반갑다. 용택이 간단한 안주와 소주를 시키고 앉는데 낯익은 얼굴이 눈에 들어온다. 강 과장이다. 강 과장은 거래처 실무자로 한 건물 안에 있어 복도에서 자주 마주친다.

"강 과장 여긴 웬일인가?"

술친구로 잘 됐다 싶은 듯 용택이 의자를 끌어당겨 강 과장 옆으로 다가간다.

"사장님이 여긴 웬일입니까? 혼자서."

"갑자기 술 생각나서 왔지. 자네 집이 이 동네라고 했지?"

용택이 강 과장이 내민 잔을 받아든다.

"네. 동사무소 뒤에 있는 아파트에 삽니다."

"무슨 일 있는가? 안색이 안 좋은데."

"세상이 싫습니다. 정말 죽고 싶습니다. 허리 부러지도록 일해 돈 갖다 줬는데 내 인생이 왜 이렇게 되었는지 죽고 싶습니다."

술에 취한 강 과장 눈꺼풀이 소보록하다.

"젊은 사람이 못하는 말이 없구먼. 무슨 일 있는가?"

"……."

관자놀이까지 심하게 상기된 강 과장은 묻는 질문에 곧장 답하지 않고 목젖에서 그 무엇이 꿈틀거리는지 숨을 몰아쉰다.

"무슨 일인지 모르겠지만 마음 편안하게 가지게. 잘 풀릴 것 같으면서도 꼬여지고, 이건 아닌데 하면서도 이게 되는 게 세상이 아닌가."

"말을 하자니 창피하고 그렇다고 안에 끼고 있자니 속 터지고……. 마누라가 집을 나갔어요. 어떤 놈하고 눈이 맞아 도망갔는데 이 인간을 어떻게 잡아 요절을 낼까 고민 중입니다. 내가 이렇게 시퍼렇게 살아있는데 남편과 새끼들 버리고 간 여자 용서할 수 없네요."

오뎅 국물을 마시고 고개를 드는 강 과장 얼굴엔 집 나간 아내에 대한 분노가 끓는다.

"……."

지금 자신도 그 처지에 놓여있는 용택이 할 말이 없다. 그는 마누라가 바람나 집을 나갔지만 자신은 여자 문제로 아내가 집 나가지 않았는가.

"마누라 자식밖에 모르고 열심히 산 것밖에 없는데 어쩌면 이렇게 가혹한 형벌이 내려졌는지, 하느님이 있고 부처님이 있다면 어떻게 저한테 이런 고행을 주는지 모르겠어요. 남한테 싫은 소리 안 하고 살았는데. 이런 것 보면 부처님도 하느님도 없어요."

강 과장이 마신 술잔을 탁자에 탁 놓는다. 그 바람에 탁자 옆에서 졸고 있던 강아지가 놀라 고개를 벌떡 든다. 발밑이 꺼지는 듯한 허탈감과 함께 괴로워하는 강 과장 모습에서 혜정의 모습을 본 용택이 눈을 감은 채 고개를 뒤로 젖혔다 든다. 지금 혜정도 저와 같이 힘들어하고 있지 않겠는가.

"강 과장, 이럴수록 마음을 강하게 먹어요. 아내가 집을 나갔지만 당신을 바라보는 아이들이 있지 않습니까. 아이들 생각해서라도 흔들리지 말고 강하게 살아야 해요. 방황은 당신만 무너져요."

"지금까지 여편네한테 바친 내 인생이 원통해 죽겠어요."

"그렇겠지요."

용택은 고개를 돌려 바깥을 본다. 열린 문으로 한소끔 들어온 바람이 기둥에 매달린 화장지를 흔든다. 주인 여자가 칼질을 하다 고개를 죽 내밀어 강 과장을 본다. 용택 자신도 소연과 바람나지 않았는가. 모텔에 가고 여행가고 혜정이 알기 전까지는 그런 일들을 대수롭지 않게 즐겼다. 가정을 지키는 선에서 만난다고 하지만 혜정으로서는 몸과 마음 주는 더러운 남자로 볼 게 아닌가.

집에 아이들만 두고 왔다며 강 과장이 자리에서 일어나자 용택도 일어난다. 등을 보이고 모퉁이를 돌아가는 강 과장 뒷모습을 꽁무니가 보이지 않을 때까지 본다. 술 취한 사람끼리 싸움이 붙었는지 저쪽 골목이 시끄럽다. 묻히기를 거부한 소리들이 저항군처럼 발버둥 친다. 용택이 고개를 들어 하늘을 본다. 별들이 드문드문 보이고 초승달이 서쪽 하늘에 걸려있다.

어제부터 내린 비가 겨울비치고는 많이 온 듯싶다. 비가 온 탓이라 그런지 몸이 소금에 절인 배추처럼 축 늘어진다. 그러나 오늘까지 처리해야 할 일이 있는 용택이 서둘러 거실로 나오는데 노인이 주방에서 나온다.

"이 나이에 살림을 살아야 한다니 아이고 내 팔자야."

탬버린처럼 흔들어 대는 노인 불만이 터지지만 용택이 못 들은 척하고 그냥 나온다.

노인은 리모컨으로 티브이를 켠다. 딩동 하고 열린 화면에는 세 살 때 헤어진 부모를 찾고 있다. 그러나 흥미가 없는 듯 티브이를 끄고 국수 두 뭉치를 들고 경로당에 간다. 이제는 앞집 최 씨 할머니가 칼국수를 끓였기 때문에 오늘은 노인이 할

차례다. 가끔은 동사무소나 부녀회에서 나와 점심을 주기도 하지만 대부분 경로당에서 놀러 오는 노인들끼리 해결한다.

"황 노인, 요즘 며느리 보이지 않던데 어디 갔어?"

목욕탕 이 씨 노인이 걸레로 바닥을 훔치며 묻는다.

"말도 마시오. 내가 요즘 식구들 밥해 먹인다고 생 똥을 싸고 있소."

"며느리는 어딜 가고?"

이 씨 노인은 잔기침을 꼴깍 삼키며 궁금한 눈빛으로 본다. 여든 나이답게 백설이 분분하고 단아한 몸은 한손에 잡힐 듯 왜소하다.

"혼자서 삭이자니 속이 터지고 그렇다고 남한테 말하자니 창피하고 내 팔자가 왜 이렇게 꼬이는지 모르겠어. 며느리 집 나갔어. 지까짓 게 어디 가서 우리 아들만 한 남자 만날 수 있겠어. 주제 파악도 못 하고……."

"요즘 젊은 것들 무서운 게 없어. 시어미가 뭐라고 하면 고개 꼿꼿이 들고 말대답하는 세상이야. 내가 참는 건 지가 겁나 참는 줄 아나 생떼 같은 내 아들 홀아비 만들고 싶지 않아 참는 거지. 조금만 뭐라고 해 봐. 안 산다고 지랄들이니 세상이

147

거꾸로 돌아가고 있어."

평소에도 며느리한테 불만이 많은 이 씨 노인이 폭폭한 가슴을 털어놓는다. 이 씨 노인은 복계천 복집 사장의 어머니이다. 일찍이 남편을 여의고 외동아들 하나만 보고 살아 아들에 대한 정이 남다르다. 금이야 옥이야 키워 결혼을 시켰지만 성에 차지 않는 며느리 봤다며 며느리에 대한 불만으로 경로당에 왔다 하면 벌처럼 윙윙거린다.

"생각 같아서는 당장 이혼시키고 새 며느리 보고 싶지만 자식 놈의 일이니 그렇게도 못하고 내 팔자가 왜 이 모양인지 모르겠어."

"이 할망구야, 배부른 소리 하지 마. 세상에 당신 며느리 같은 여자가 어디 있어. 우리 집 며느리가 당신 며느리 반만 해도 난 걱정 없겠다. 부모한테 잘하고 남편 뒷바라지 잘하고 또 형제간에 우애 있게 지내고 그만큼 했으면 됐지. 내가 볼땐 황 씨 당신한테 문제 있어. 당신 시집살이가 너무 매워 나간 것 아니야?"

매몰차게 말하는 노인의 버릇을 평소에도 싫어하는 철민이 할머니가 김치를 담아내며 한 마디 던진다.

철민이 할머니와는 담 하나를 사이에 두고 사는 이웃이다. 그런 관계로 두 사람은 자주 다투기도 하지만 잘 지내기도 한다.

"이 할망구 봐라. 뭘 안다고 그 따위 말하는 거야?"

"왜 몰라. 눈만 뜨면 황 씨 노인 잔소리가 굶주린 강아지처럼 캥캥거리고 담장을 넘어오는데 그걸 모르겠어? 요즘 세상은 시어머니가 젊은 며느리 눈치 보는 세상이야. 병들어 요양병원 가지 않으려면 잘해. 당신 아들이 돈 좀 번다고 잘난 체하는 모양인데 아들보다 며느리가 두 배 세 배 났다. 그러니 며느리 그만 잡아라. 허구한 날 잔소리하니 어느 며느리가 좋아할까. 당신 모시고 사는 며느리 업어줘야 한다. 당신이 못된 시어미야."

"듣기 싫어. 뭘 안다고 그래."

"자식새끼 무슨 소용이 있노. 아무 소용없다. 똥줄 빠지게 두부 장사해서 공부 가르쳐 놔도 지 마누라밖에 모르는데 난 아들자식 잊고 산 지 오래야. 아들자식 셋이면 뭐하나 나 하나 모실 놈은 한 놈도 없는데……."

철민이 할머니는 아들로부터 효도 받겠다는 생각은 일찍이 포기한 듯하다. 남을 탓하는 것보다 항상 자신 탓으로 돌리는 철민이 할머니는 경로당에서도 양반으로 통한다.

"시집올 때 혼수도 더럽게 적게 해 온 년이 뭐가 잘났다고 집을 나가. 절대 안 받아줘. 지 아니면 여자 없을까 봐. 들어오기만 해봐라 당장에 이혼시킬 것이다."

"당신은 몸 아파 오줌똥 다 받아내도 그놈의 입에서 혼수 타령하며 며느리 달달 볶을 것이지?"

"시끄러워!"

듣기 싫은 듯 노인은 자리를 털고 일어나 밖으로 나간다. 그 바람에 옆에 있는 국수 바구니가 뒤집어진다. 점심 먹을 기분이 사라진 것이다. 경로당을 나온 노인은 슈퍼에서 막걸리 한 병을 사 집으로 온다. 김치를 꺼내 막걸리 한 컵 따르지만 입술만 적시고 그대로 냉장고에 넣는다. 경로당 노인들한테 들은 소리가 마음에 걸린 것이다. 더 없는 며느리라는 걸 알면서도 이상하게 혜정만 보면 신경이 날카로워져 마음에도 없는 못된 소리를 해 후회를 하지만 그 후회는 오래가지 못하고 금방 잊어버린다. 그런 일상이 오늘날까지 이어지고 있는 것이다.

하이힐을 신다

어스름한 조등이 걸리는 저녁 시간이 되자 홀에는 대형버스를 타고 온 단체 손님을 한꺼번에 받은 듯 빈자리가 없다. 손님이 나갔는가 싶으면 어느새 다른 손님이 들어와 주문을 받고 그렇게 숨 돌릴 틈도 없이 움직이는 홀 아주머니가 다리를 절룩거리며 카를 밀고 온다. 사흘째 저녁을 먹어 아주머니는 혜정을 알아본다.

"추어탕으로 주세요."

음식을 시킨 혜정이 가방에서 강의 노트를 꺼낸다. 장소가 어디든 강의하는데 있어 실수하지 않으려고 강의 내용을 읽고 또 읽는다.

일주일 전에는 전주 김치 박람회에 다녀왔다. 정장차림에 하이힐을 신고 전시장에 들어갈 때 마치 칸 영화제에 레드카펫을 밟고 걸어 들어가는 배우들이 이런 기분일까 싶었다. 자신감이 생겼고 이 길로 성공하리라 했다. 김치 관련 전문가와 연구진이 모인 학술토론회는 팔도 전통김치는 물론이고 김치로 만든 발효식품 실물과 함께 김치 역사 자료를 한눈에 볼 수 있어 혜정에게는 참된 교육 현장이었다. 그런 알찬 박람회는 산지식으로 바로 강의로 이어졌다. 사흘 후에는 서울 인사동 김치 박람회에 참석할 생각이다. 백 가지의 김치 전시회가 열려 김치에 대해 좀 안다는 사람은 참석하는 자리로 해마다 장사진을 이룬다고 전주 김치박람회 담당자가 추천했다. 햄버거에 밀려 김치로부터 점점 멀어지는 젊은 세대들한테 김치와 가까워질 수 있는 좋은 아이템으로 혜정이 전주를 다녀와 이내 신청했다.

"얘들아, 장난치면 안 돼."

허리를 숙이고 추어탕을 내려놓는데 옆 테이블에서 장난

치던 사내아이 둘이가 홀 아주머니 엉덩이에 와서 부딪힌다.

아주머니가 행주로 물기를 닦는데 말쑥하게 차려입은 중년 남자와 여자가 반대편 테이블에 앉는다. 여자가 앉으려고 하자 남자는 옆에 놓인 방석을 끌어다 엉덩이 밑에 넣어준다. 홀 아주머니가 주문 판을 내밀자 남자는 제일 맛있는 것으로 시키라 한다. 그리고 앞으로 길게 내려온 여자 머리를 귀 뒤로 넘겨주며 어깨를 살짝 토닥거린다. 음식이 나오자 남자는 여자 숟가락에 고기를 얹어준다. 그 모습에 혜정이 부럽다는 생각을 한다. 자신은 용택한테 저런 대접 받은 적이 없다. 먹는 건 각자라는 듯 자신 입에만 넣었지 많이 먹으라는 소리도 없다. 어찌 그것뿐이랴. 청소기 좀 돌려달라고 하면 슬그머니 노인 방으로 피하고 어쩌다 외식하자고 하면 이런저런 핑계 대며 가지 않는다. 그럴 때마다 인정머리 없고 머저리 같은 인간이라고 욕도 많이 했다.

"미친놈. 지 마누라한테도 저럴까."

주방 쪽에서 여자들끼리 주고받는 대화가 등 뒤에서 흘러나온다.

"그래 즐길 수 있을 때 많이 즐겨라. 그것도 네 능력일 것이

153

다. 그게 너희들이 즐겁게 사는 방법이라면 그렇게 살아야지. 들키지 말고 마음껏 즐겨라."

중얼거리며 식당을 나선 혜정이 차에 올라 라디오 버튼을 누른다. 모든 도로가 순조롭다는 교통방송 통신원 말이 끝나자 조용필의 창밖의 여자, 라는 노래가 흘러나온다. 그때 가방에서 폰이 울린다. 잊을만하면 통화하는 민주다.

"혜정 씨, 소식 들었어. 그래도 집을 나가는 건 아니야. 빨리 집에 들어가."

민주는 누구한테 들었는지 혜정이 집 나온 걸 알고 있다.

"이혼하고 싶은데 아이들 때문에 그것도 안 되고 마음이 괴롭네."

"이혼은 아무나 하는 게 아니야. 용기 있는 사람이 해. 무턱대고 미운 감정으로 이혼하면 이혼 겪는 고통보다 혼자 세상을 헤쳐나가는 고통이 더 힘들어. 요즘 복지관과 여성회관 강사로 일한다는 소리 들었어. 잘 되었잖아. 남편이 무슨 짓을 해도 상관 말고 일 열심히 해. 그게 원수 같은 인간들 복수하는 거야. 세상이 아무리 여자 세상이라 하지만 여자 혼자 살기는 세상이 호락호락하지 않아. 남편 없이 혼자 살아 봐. 주위 시선이 어떻게 보나. 특히 남편 없다는 걸 사내놈들이 알면 파리 떼처럼 달려들어. 가지고 놀려고 들고 또한 함부로 대해. 남편이 아파 병들어 누워있어도 남편은 있어야겠더라. 그래야 남자들이 함부로 대하지 않아."

전화 속 민주는 혜정을 걱정하고 있다.

"나도 그럴 생각이야. 난 김치로 성공하는 명인이 될거야. 이제 나를 위해 일할 거야."

"그렇게 살아. 미움받는 사람은 아무렇지 않은데 미워하는 사람이 더 괴로운 거야. 시간 지나고 나면 미움 그것 아무것도 아니다. 남편하고 살 때는 남편 하는 짓이 모두 바보로 보이고 어디 가면 저보다 못한 인간 만날까 그 생각을 하지만 그건 잘못된 생각이야. 세상사는 거 거기서 거기야. 안을 들여다보면 상처 없는 집 없어. 어제 신문 보니까 시에서 김치 경연대회가 열린다고 하더라. 참가해 봐. 그리고 아이들 생각해 집에 들어가."

"네 말대로 할게. 좋은 정보 고마워."

민주는 이 년 전에 암으로 남편을 잃고 작은 기업에 세무사로 일하고 있다. 재산이라고는 아파트 한 채 밖에 없지만 아이

둘을 데리고 잘살고 있다. 한쪽이 비어있으면 또 다른 게 채워지듯 다행하게도 아이들이 반에서 일 등을 놓치지 않아 그 힘으로 산다고 언제 말했다.

민주 말이 백번 맞다싶은 혜정이 바로 집으로 간다. 원수를 갚기 위해서는 일에 승부를 걸어 성공하는 것밖에 없는 것이다. 혜정이 대문 안으로 들어서자 마당에 있던 혁재와 민정이 달려와 안긴다.

"미안해. 이젠 엄마 집 나가지 않을 거야."

"엄마, 사실이지?"

"알았어."

민정을 안고 있는데 노인과 용택이 거실에서 아무 말 없이 지켜보다가 노인은 안방으로 용택은 화장실로 들어간다. 평소 함부로 대한 노인 성격이나 늘 노인 편에 선 용택 성격으로는 절대 용서할 수 없다고 되레 쫓아낼 줄 알았는데 의외로 말이 없다는 게 그들답지 않았다.

방으로 들어온 혜정이 옷을 갈아입는데 용택이 방으로 들어온다.

"그동안 미안해. 앞으로 당신한테 잘할게."

"내가 집에 들어온 건 당신을 용서해서가 아니야. 아이들 때문이고 내 일을 하기 위해서야. 이젠 난 집에서 살림만 하는 여자로 살지 않을 거야. 반드시 성공하는 여자가 될 거야. 이혼을 해도 지금은 안 되고 내가 혼자 살아도 문제가 되지 않을 때 그때 할 거야. 내가 싫더라고 그때까지 기다려줘."

"이혼? 이혼은 내가 안 할 거야. 그동안 당신 속이고 여자 만난 것 정말 미안해. 앞으로 이런 일 절대 없을 거야. 약속해."

용택이 돌아서 있는 혜정을 돌려세운다.

"내 안에 당신 없어. 그러니 가까이 오지 마."

혜정이 용택의 팔을 뿌리치고 한 걸음 뒤로 물러선다.

"왜 이러는 거야. 침대에서 같이 자자."

"전에 했던 그대로 하자."

혜정이 저만큼 물러나 앉자 용택이 무안한 듯 자신 손을 내려다본다. 용서를 빈다고 해서 금방 마음이 돌아서겠는가. 젖은 땅이 마르려면 그만큼의 시간이 필요하듯 혜정한테도 시간이 필요할 것이다.

오줌이 마려워 새벽에 눈을 뜬 혜정이 잠든 용택을 본다.

사타구니 사이에 낀 이불이 엉덩이 아래로 내려와 있지만 덮어주지 않고 그대로 거실로 나온다. 아침이 되려면 아직 두 시간이 남아있다.

민주 씨가 일러준 김치 경연대회에 참가 신청을 내기 위해 혜정이 컴퓨터를 켠다. 접수 마감이 일주일 남았지만 벌써 접수자가 20명이 넘었다. 이대로라면 마감 때까지는 좋게 오륙십 명은 넘을 것 같다.

서울 인사동 김치 박람회에 다녀온 혜정이 배추와 무 등 김치 재료가 될 만한 것들은 죄다 사와 김치를 담았다. 그렇게 만든 것들은 이웃과 경로당에 갖다 줬다. 그런 일로 바쁜 혜정이 하루가 한나절처럼 후딱 지나갔다. 목표 있는 일은 행복했다.

모처럼 시간이 된 혜정이 청소를 하기 위해 창문을 연다. 매일 청소해도 먼지가 만만치 않다. 걸레로 바닥을 훔치고 났더니 팔과 허리가 쑤신다. 베란다 청소까지 끝낸 혜정이 허리를 펴고 바깥을 본다. 바람 한 점 없는 바깥이 박제된 나무처럼 흔들림이 없다. 놀이터엔 아이가 미끄럼틀을 타고 그 옆엔 노인이 지켜보고 있다. 거리가 있어 누군지 눈에 들어오지 않는다. 혜정이 방을 나와 민정 방으로 들어간다. 책상이 깨끗이 정리되어 있다. 책상 위를 닦은 혜정이 서랍을 연다. 일기장이 있다.

1, 엄마에게

엄마! 날씨가 몹시 춥네요. 손을 꽁꽁 얼게 하는 바깥 날씨처럼 엄마 없는 집안이 온몸을 시리게 하네요. 방이 따뜻하지만 등이 춥네요. 오늘따라 왜 이렇게 엄마가 보고 싶은지 모르겠어요. 지금 엄마는 어디서 무얼 하고 계시는지 모르겠지만 마음 편안하게 지냈으면 해요.

엄마, 내가 보고 싶은 만큼 엄마도 내가 보고 싶겠지요. 우리한테는 말하지 않았지만 짜증과 화만 내는 할머니 비위 맞추는 일이 쉽지 않았을 테고 매일 늦게 들어오는 아빠의 무관심에 마음고생이 많다는 걸 알아요. 아빠한테 엄마 아닌 다른 여자가 있다는 것도 알고 있어요. 그래서 아빠가 더 싫어요. 하지만 아빠한테 드러내 놓고 밉다는 말하지 않았어요. 그래도 나를 낳아 준 부모잖아요.

어제는 너무 속이 속상했어요. 수업 마치고 나오는데 비가 오잖아요. 우산이 없어 비 그치기를 기다리는데 친구 엄마들은 우산을 들고 왔더군요. 혹시 우리 엄마도 오지 않았을까 하고 정문을 향해 뛰는데 꼭 엄마를 닮은 아주머니가 서 계셨어요. 나는 반가워 엄마를 불렀는데 돌아보는 아주머니는 엄마가 아니잖아요. 그 순간 나는 소리 내어 막 울고 싶었어요. 우리 엄마는 왜 안 오는 거야, 하고 말이에요.

엄마!

아빠가 다른 여자 데리고 오면 오빠와 나는 엄마와 살기로 약속했어요. 누구 집 엄마 아빠 이혼했다는 말을 듣기는 했지만 이게 우리 집 일이 될 줄은 생각도 못 했어요. 힘내세요. 엄마 옆에 오빠와 내가 있잖아요.

2, 엄마에게

우리 학교에서 학예회가 열렸어요. 할머니 어머니들이 모인 강당에는 빈자리가 없을 정도로 많이 오셨어요. 학예회 하이라이트인 갑돌이와 갑순이 무용극이 있는데 같은 반 성옥이가 갑돌 역을 맡고 갑순이는 내가 맡았어요. 이런 연극을 하면서도 난 아빠하고 할머니한테 말하지 않았어요. 내가 싫은 사람들 오는 게 싫어서요.

연극이 끝나고 마지막 인사를 하는데 갑자기 눈물이 나왔어요. 우리 엄마도 이 자리에 계셨다면 내 모습 보고 좋아할 건데 하고 말이에요.

학예회가 끝나고 엄마 손 잡고 정문을 나서는 친구들 모습이
부러웠어요. 나만 엄마 없는 아이 같아서요.

침을 발라가며 꾹꾹 눌러 쓴 듯 반듯하게 쓴 민정의 일기는
너무나 충격적이었다. 아니 뒤통수를 맞은 듯 아찔했다. 나가
있는 동안 전화 한 통 없어 비교적 안심하고 있었는데 어린 것
들이 마음고생이 컸다는 걸 안 혜정이 시야를 보지 못한 시각
장애자처럼 멍하게 앉아 있다. 자신의 고통이 바로 아이들한
테 이어졌다는 게 미안해서다.

민정 방을 나온 혜정이 혁재 방에 들어간다. 책상 위에는 혜
정이 혁재 민정이 세 명이 찍은 사진이 놓여 있다. 사진 속 세
사람은 무엇이 그리 즐거운지 활짝 웃고 있다. 이때도 용택이
출장 가고 없을 때였다.

해가 기울어지면서 터진 붉은 감처럼 서쪽 하늘이 붉다. 혜
정은 김치 담을 때가 제일 행복했다. 이것도 넣어보고 저것도
넣어보고 그렇게 연구하다 보면 한나절이 화장실 다녀오는 것
처럼 후딱 지나갔다.

김치를 담아 냉장고에 넣고 메모를 하는데 용택이 들어온다. 퇴근이 빠르다. 예전처럼 늦게 다니지 않았고 가능한 아이들과 시간을 보내려고 했다. 학원 앞에서 기다렸다 데려오기도 하고 아이들이 좋아하는 피자와 통닭을 사와 같이 먹기도 했다. 그런 노력이 보이면서 아이들과 가까워졌지만 이미 말라 쭉정이가 된 혜정의 마음은 좀체 용택과 가까워지지 않았다.

혜정이 본체만체하고 주방으로 들어간다. 마주치고 싶지 않은 것이다. 자신을 피하고 있다는 걸 눈치챈 용택이 돌아서 가는 혜정의 뒷모습을 바라보다 방으로 들어온다. 예전 같아선 옷을 받아 장롱에 넣었고 보일러 틀어 목욕물을 받아줬다. 그랬던 그녀가 사는 건 각자인 것처럼 간섭과 관심이 없으니 용택으로선 섭섭하지만 지은 죄가 있어 그냥 둔다.

저녁을 먹고 난 용택이 서재로 간다. 책을 펼치는데 폰이 울린다. 소연이다. 더 이상의 만남은 안 된다고 냉정히 잘랐지만 정 떼기가 쉽지 않은 듯 수시로 전화가 온다.

"전화하지 말랬잖아."

"자기야, 보고 싶어. 보고 싶어 미치겠단 말이야."

"소연아, 제발 이러지 마."

"자기 보고 싶단 말이야. 심장이 떨어져 나가는 것처럼 괴로워."

"나 좀 그냥 둬. 제발!"

"당신 사랑한단 말이야. 나 죽을 것 같아. 오 분이라도 얼굴 보여줘. 나 지금 당신 집 앞에 와 있어. 학교로 와."

술 마셨을 때 소연이 운전하고 집까지 와 용택 집을 알고 있었다.

"지금 못 나가. 집사람 있어."

"안 나오면 당신 집에 갈 거야."

자신 뜻에 응하지 않자 소연이 협박을 한다.

"알았어."

소용히 집을 빠져나온 용택이 학교 정문 안으로 들어서는데 소연이 달려와 무너지듯 용택 가슴에 안긴다.

"자기야, 나 당신 없으면 못 살아."

"이러지 마. 누가 보면 어쩌려고 그래. 여기 동네야. 제발 이러지 마."

마음은 감싸주고 싶지만 용택이 소연을 밀어낸다.

"당신 보고 싶었단 말이야."

소연이 두 손으로 용택의 가슴을 친다.

"제발, 이러지 마. 나도 당신 사랑하지만 더 이상은 안 돼. 우리 인연 여기까지 해야 해. 당신도 가정으로 돌아가."

냉정하다 싶을 정도로 용택이 차가운 공기를 푼다.

"자기야, 당신 이혼해. 나도 이혼할게. 좋은 아내, 좋은 엄마, 그리고 좋은 며느리 될게."

"난 집사람과 이혼할 수 없어. 당신은 내 연인일 뿐 그 이상도 그 이하도 아니야. 더 이상 복잡하게 만들지 마."

"얼마 전에 당신 마누라와 통화했어. 이혼해 준다고 하더라. 나 보고 당신 싫다고 가지라고 했어. 당신 이혼해. 그리고 나하고 살자."

"뭐, 당신이 그런 말을 했단 말이야. 그런 말을 왜 해? 나도 당신 사랑했고 사랑하고 싶어. 하지만 그건 어디까지나 가정을 지키는 선에서 했을 뿐이야. 우리 행복하자고 가정을 깨면 여러 사람 불행하게 만드는 거야. 내가 당신 만나는 것 오늘이 마지막이야."

용택은 등을 보이고 돌아서더니 이내 걸음을 뗀다.

소연이 다리에 힘이 풀린 듯 땅에 풀썩 주저앉는다. 마치 아이 잃어버린 엄마처럼.

"소연아, 미안해. 당신 정말 사랑했어. 당신을 사랑하지만 당신을 보낼 수밖에 없어. 날 용서하지 마. 우리가 이승에서 맺지 못한 부부인연 저승에서 만나 부부로 살자."

용택이 모퉁이를 돌아와서야 소연이 있는 곳을 바라보며 말한다. 소연이 그대로 주저앉아 있다.

그 일이 있고부터

　여성회관 강의와 김치 경연대회 준비로 혜정이 바쁘게 보내자 용택이 청소기도 돌려주고 세탁기에서 빨래도 꺼내 늘어준다. 그뿐만 아니다. 과일을 깎아 아이들한테 갖다 주기도 한다. 그렇게 집안일을 도와주면서 혜정이 한결 수월했다. 변한 건 용택뿐만 아니다. 노인 역시 변했다. 일일이 간섭하는 것도 없고 뭘 해주기를 바라지도 않는다. 그렇게 노인이 변하면서 집안 분위기에 따뜻한 온기가 돈다.

　"오늘 일이 있어 나가야 해요."

수건을 든 채 혜정이 세면실 앞에서 노인을 본다.

"일이 있으면 나가야지."

"제가 오늘 늦을지 몰라요. 혁재 민정이 오면 저녁 먹여 학원에 보내주세요. 반찬은 다 만들어 놨으니 식사 꼭 챙겨 드세요."

"그래 알았다. 늙은이가 할 일도 없는데 그 일이라도 해야지."

하는 짓이 못마땅하지만 허락할 수밖에 없는 노인은 리모컨으로 채널을 돌린다. 노인은 배고픔을 참지 못한다. 동물적 본능에 가깝도록 먹는 것에 집착성이 있다. 그러다 보니 밥솥에는 항상 밥이 준비되어 있다. 혜정이 저녁에 먹을 밥까지 밥솥에 앉혀 놓고 나간다.

오늘은 영상 수업으로 노트북 외는 챙길 게 없는 혜정이 가볍게 차에 오른다. 눈만 뜨면 계획된 일이 있다는 게 가을 소풍 가는 것만큼이나 좋았다. 누군가가 자신으로부터 배워간다는 것 그것으로 인해 자신이 설 강단이 있다는 그 자체가 축복받는 생활 같았다. 누군가가 그랬다. 순간순간 최선을 다하면 그 끝은 빛으로 이어진다고 말이다.

1시간 빨리 복지관에 도착한 혜정이 차에서 내리는데 회관 관장이 먼저 보고 이쪽으로 다가온다.

"강혜정 선생님, 일찍 오시는군요."

"안녕하십니까. 관장님."

"선생님 강의하고부터 호응이 좋아 다음 달엔 반 하나를 더 늘려야겠어요."

"아, 그래요."

다행한 일이 아닌가. 수강생이 없으면 어쩌나 했는데 그 걱정은 하지 않아도 되었다.

"내가 아는 선배 중에 김치 공장을 크게 하시는 분이 있는데 견학 한 번 가보실래요?"

"어머, 그래요. 가보고 싶습니다."

혜정이 고개 숙여 인사한다.

"전화해 둘 테니 한 번 가보세요."

지인의 전화번호가 적힌 명함을 건네고 관장은 주차장 쪽으로 사라진다.

한 시간 반 수업은 마트에서 쇼핑하는 것처럼 후딱 지나갔다. 강의 끝나기 바쁘게 복지관을 나와 지친 몸으로 대문 안으로 들어서는데 거실에서 바닥을 훔치고 있던 노인이 혜정을 향해 걸레를 집어 던진다. 혜정이 배에 맞은 걸레가 바닥에 휴지처럼 떨어진다.

"이년아. 어떤 사내놈 만나고 이제 들어오는 게야? 이 더러운 기집년아!"

한동안 잠잠했던 노인이다. 그동안 날카로운 발톱을 어떻게 숨기고 있었는가 싶다.

"어머니, 또 시작이세요? 말도 안 되는 소리 좀 그만하세요."

"쥐 잡아먹은 것처럼 입술도 빨갛게 바르고 다니는 꼬락서니가 사내놈 여러 명 잡아먹고 왔지. 이 더러운 년. 우리 아들 불쌍해서 어쩌나. 이 일을 어쩌면 좋아."

노인은 두 다리를 쭉 뻗고 주먹으로 바닥을 탕탕 친다.

어른한테 할 소리는 아니지만 미친 게 분명하다. 그렇지 않고서야 어찌 말도 안 되는 소리로 사람을 쥐 잡듯 잡는단 말인가. 아무래도 본정신이 아니다 싶은 혜정이 방으로 들어와 침대 위에 눕는다. 귀에서 이명 소리가 나면서 눈이 침침하다. 거기다 머리가 아프면서 목에서 넘어오는 가래가 미끈하다. 서랍에서 판콜에이를 꺼내 마신다. 탁 쏘는 듯한 아릿한 맛이

169

헛바닥을 찌른다. 이불에 이마를 대고 엎드린다. 거실에서는 여전히 노인 잔소리가 바퀴가 구르듯 구른다. 혜정이 이어폰으로 귀를 막는다.

얼마나 잤을까. 드르렁 문 여는 소리에 눈을 뜬 혜정이 일어나 앉는데 용택이 방안 한가운데 서 있다. 그 모습이 광화문 앞에 세워진 이순신 장군 동상 같다.

"어디 아픈 거야?"

"……."

짜증이 난 혜정이 대답할 마음이 없는 것이다.

"노인 주방에 있는데 나가 보지."

"얼른 밥 차릴게요."

하기 싫어 억지로 하는 아이처럼 늘어진 몸으로 일어나 주방으로 들어가자 노인은 설거지를 하고 있고 혁재와 민정은 과일을 먹고 있다.

"밥 먹어라. 된장찌개 끓여놨으니. 피곤하지?"

생각했던 대로 노인은 정신없는 게 맞았다. 조금 전까지도 사내 만나러 다닌다고 입에도 담지 못할 욕설을 날린 양반이 아무 일 없었던 것처럼 하고 바라보는 시선이 혜정의 피곤을 읽고 있다. 그러나 밥 생각이 없다. 이미 험한 욕설을 들어 기분이 망가졌으니 말이다.

"강의하는 것 그만두면 안 되나?"

"……."

혜정이 하던 일을 중단하고 용택을 본다.

"이 사람아, 말 좀 해봐. 그렇게 쳐다만 보지 말고."

"당신도 싫고 어머님도 싫어요. 됐어요."

"싫다고 말 안 할 거야?"

"말 섞고 싶지 않아요."

건강한 자신을 외면하고 다른 여자와 바람이 났으니 혜정으로서는 남편이라는 작자가 똥 덩어리 보듯 보기 싫을 것이다. 자상함이란 눈 닦고 봐도 없고 거기다 문제 터질 때마다 노모 편에 섰으니 얼마나 밉고 싫었겠는가. 맏며느리로서 노인 모시는 건 당연한 거고 그 정도의 시집살이는 누구나 다 하고 사는 것으로 생각했으니 혜정으로서는 힘들고 고된 노동이었을 것이다.

방으로 들어간 노인이 조용하다. 궁금한 용택이 방문을 연다. 문갑 앞에 큰 짐 하나를 놓아둔 듯 웅크리고 노인이 옆으로 쓰러져 있다. 자리를 펴고 노인을 바로 누이는데 손과 다리가 연체동물처럼 축 늘어진다.

"민정아, 할머니가 이상하다. 빨리 병원 가야겠다."

용택이 노인을 업고 집을 나서지만 혜정이 병원에 따라가지 않는다.

검사한 지 얼마 지났을까. 뇌출혈이라는 진단이 나오면서 노인은 이내 수술실로 들어간다. 의사 말로는 나이가 있어 수술을 한다고 해도 정상으로 돌아오기 어렵고 돌아온다고 해도 혈관성 치매가 많이 진행되어 있어 가족의 관심이 많이 필요하다고 했다. 연락을 받고 용식 내외와 현옥이 달려왔지만 기다리는 것 외는 아무것도 할 게 없었다. 현옥과 용택이 서로 말이 없다. 치매라니, 그간 험하게 했던 말들이 본정신이 아닌 치매였단 말인가.

"어머니 몸이 어느 정도 회복되면 요양병원으로 모셔야겠다. 네 형수도 일이 있으니 어머니를 모시기 힘들 것 같다."

요양병원에도 의사와 간호사가 있어 노인들이 계시기엔 괜찮다는 말을 주변에서 들은 용택이 성소에 들어가는 듯 생각이 깊어진다.

"그렇게 해야지요. 그런데 형수가 보이지 않네요."

"집에 있다. 어머니가 이젠 질린 모양이다. 나도 네 형수한 테 뭘 어떻게 하라는 말은 못 하겠다. 알아서 한다면야 고맙겠 지만 안 해도 불평은 못 하겠다. 죄송스럽지만 어머니 병원에 있는 동안 제수씨가 자주 찾아뵙도록 하세요."

"아주버님, 이런 말 하기는 좀 미안하지만 나중에 더 안 좋 은 일이 생길 것 미리 말씀드려야겠네요. 이번 달은 학교 일 이 많아 어머니 자주 찾아뵙지 못하겠어요. 당분간 간병인을 쓰는 게 어때요?"

지금까지 노인을 모신 혜정 입장을 헤아린다면 빈말이라도 그렇게 하겠다고 하는 게 맞다. 그럼에도 불구하고 단칼에 자 르니 용택이 더 이상 말을 하지 않는다. 자신이 해야 할 일이 라도 싫은 건 절대 하지 않는다고 불만을 쏟았던 혜징 밀을 믿 지 않았는데 영님의 냉정을 보고나서야 그 말이 사실이란걸 이제 느낀 것이다.

"언니, 옆에서 듣고 있자니 너무 하네요. 엄마가 별난 사람 이지만 엄마 못지않게 언니도 별나네요. 언니는 박씨 집안 며 느리 아닌가요. 며느리는 다 똑같은 며느리인데 왜 언니는 의무가 없나요. 지금까지 큰 언니가 엄마 모셨으니까 이제부터는 언니가 집에 모시든지 아님 요양병원에 모시든지 그 비용은 언니가 다 부담하세요. 이제 오빠 혼자 벌어도 먹고살 만하잖아요. 그동안 큰오빠 큰언니 고생 많이 했으니 이젠 언니가 좀 해보세요."

현옥 말이 아스팔트 위를 구르는 공 같다.

"그럼 고모도 어머니 자식이잖아요. 고모도 하세요."

"지금 이 상황에서 말을 그렇게밖에 못해요."

"고모, 전 어머니 병원비 못 댑니다. 어머니 재산 형님이 다 가져가셨잖아요. 어머니 재산 있는 것 팔아서 병원비로 쓰세요."

"언니, 재산을 받았건 안 받았건 언니 시어머니 아니에요?"

현옥이 자리에서 벌떡 일어나 영님을 매섭게 본다. 험한 분위기에 옆 사람들이 힐끔힐끔 쳐다본다.

"시끄러워. 지금 어머니 수술 중이야. 나가!"

용택이 소리치자 영님이 이내 밖으로 나간다. 재산 말이 나오면 용식이 영님한테 할 말이 없다. 용택이 결혼할 때 노인으로부터 전혀 도움을 받지 못한 반면 영님 친정에서는 집까지 사줘 그것 하나만으로 영님은 시댁에 돈 들어가는 일에 소홀히 하였다.

용식이 결혼할 무렵에는 사업이 부도 위기에 몰려 용택이 도움을 주지 못했다. 부도를 막으려고 노인 앞으로 된 집과 전답을 팔았고 심지어 결혼할 때 해준 혜정의 목걸이까지 팔았다. 운 좋게 사업이 회복되면서 형편이 나아졌지만 식구들이 겪은 고생은 이루 말할 수 없었다.

"용식아, 어머니 병원비는 걱정하지 마라. 그 돈은 내가 다 내마. 네가 지금 이렇게 잘살고 있는 것도 제수씨 덕분이니 비위 맞추고 살아라. 제수씨가 저러는 것도 잘사는 친정이 있어 그런 것 아니겠냐."

"형님 죄송해요."

용택은 용식의 어깨를 토닥인다. 그리고 두 사람 사이에 긴 침묵이 흐른다.

아침 여섯 시가 되면서 수술실 문이 열린다. 수술이 잘 되었다는 말만 하고 의사는 긴 복도를 따라 사라진다. 면회 시간이 되면서 가운을 입고 용택이 중환자실에 들어갔을 때 노인은 정신이 돌아와 있다. 산소 호흡기에 의존하고 반듯하게 누운 채 물끄러미 바라보는 눈에는 이슬이 고여 있다. 눈물의 의미가 뭘 뜻하는지 모르겠지만 그걸 본 용택은 마음이 무거웠다. 자신이 부족해 노인의 병을 빨리 발견하지 못했다는 미안함이 마음을 무겁게 만든 것이다.

"여보, 잠깐 얘기 좀 해."

집에 들어온 용택이 주방에 있는 혜정을 거실로 불러낸다.

"뇌출혈에 치매라고 하네. 수술은 잘 되었다고 하니 회복되면 요양병원으로 모실 거야. 그러니 걱정 말고 당신 일해."

"……."

혜정이 아무 말 하지 않는다. 그냥 바라볼 뿐이다. 자신을 이해해 주고 일을 덜어주는 용택을 본 혜정은 접착제처럼 붙어 절대 떨어지지 않을 것 같았던 미움이 사르르 녹아내리는 듯하다. 다시는 그에게 마음 주지 않으리. 같이 살아도 먼데 사람으로 살리라 했는데 걱정 말고 일하라는 그 한마디에 철벽처럼 두꺼운 마음이 깨지다니 이게 무슨 징조란 말인가. 이게 미운 정이란 걸까.

꽃 피다

혜정이 하이힐을 꺼내 수건으로 호호 입김을 넣어 닦자 윤기가 자르르 흐른다. 이 하이힐을 신고 또각또각 길 위를 걸을 때마다 구름 위를 걷듯 세상이 가뿐하게 느껴졌다. 문이 사방으로 열린 듯했고 시원한 산바람이 내려와 가슴을 휘익 쓸어내리는 듯했다. 일을 시작한 게 백 번 잘했다고 자신 스스로에게 칭찬도 했다. 좀 더 일찍 시작하지 못한 게 아쉽지만 지금이라도 일을 하게 되었으니 다행히 아닌가.

일을 하므로 생기는 자신감은 맡겨만 준다면 그 무엇이든

해낼 것 같았다. 눈 뜨면 오늘 할 일이 있다는 즐거움과, 무엇이 되겠다는 희망 이러한 것들은 심장을 뜨겁게 뛰게 했다. 이제 제대로 사는 것 같았고 멈춰 서 있던 바퀴가 제 속력을 내고 달리는 것 같아 더없이 좋았다. 알고 있는 것 남에게 가르쳐주고 그러므로 얻어지는 성취감은 누군가로부터 선물 받는 것처럼 좋았다. 설령 일을 성공하지 못해 가족들로부터 비난받아도 후회하지 않을 것 같았다. 지난날들은 그렇지 않았다. 등 뒤에 남편이란 든든한 산맥이 있지만 늘 외롭고 쓸쓸했다. 뭘 해도 눈에 차지 않아 내뱉는 노인의 거친 말은 살을 야금야금 깎아 먹는 대팻날 같았고, 마음에 들지 않으면 암내 난 고양이처럼 우는 노인의 습성을 온몸으로 받아야 했던 스트레스는 밧줄로 전신을 꼼짝 못 하게 꽁꽁 묶어 놓은 듯했다. 그럴 때마다 밖으로 나가고 싶은 충동은 빵빵한 고무풍선 같았다. 늘 노인 편에 서서 말했고, 아내가 무슨 고민을 하는지, 어떤 고통을 겪고 있는지 용택은 몰랐다. 어쩌다 몸살로 앓아누워도 따뜻한 물 한 그릇 갖다 주지 않는 무관심한 용택에게 혜정은 그냥 데리고 사는 여자에 불과했다. 그런 무관심을 받으면서 산 것도 아이들 때문이었다.

김치 경연대회를 일주일 앞둔 혜정은 각오가 야무졌다. 남과 다르게 하고 싶었다. 아니다 싶으면 버리고 다시 하고 그게 벌써 헤아릴 수 없다. 깊고 담백한 맛을 내려면 열 번 아니라 백 번도 하리라 했다. 여러 밤을 새웠다. 인터넷에서 명인들의 김치 담는 방식으로도 해 보고 또한 친정엄마한테 물어서 했지만 이것이다 하고 무릎 탁 치는 맛이 나지 않는 건 맨마찬가지였다.

그렇게 바쁘게 돌아가는 시간은 새가 허공을 날아가는 듯 빨리 지나갔다. 혜정이 재료를 챙겨 대회장에 갔을 땐 오전 8시였다. 대회가 열리려면 아직 두 시간이 남아있다. 대회집행부 사람들만 있을 뿐 아직 사람들이 보이지 않는다. 미리 정해진 자신의 자리에 짐을 풀고 주변을 정리한 혜정이 흰색 앞치마를 두른다. 그러는 동안 사람들이 하나둘씩 모여들었고 방송국 기자들 모습이 보인다.

참가자들은 준비를 끝내고 시작 벨이 울리기를 기다린다. 정해진 시간은 1시간이다. 테이블 위쪽으로는 심사위원 8명 이름이 붙어있지만 자리가 비어있다. 공정한 심사를 하기 위해 심사위원들은 자리에 배석하지 않고 대회 시간 끝난 다음에 배석한다는 사회자 설명이 흘러나온다.

참가자들 대부분 여유가 있어 보인다. 대회라고는 처음 참가한 혜정은 긴장이 되지만 어깨 힘을 빼고 차분히 움직인다. 대상을 받으면 좋겠지만 대상을 하지 않아도 괜찮았다. 올해 안 되면 내년에 또 도전하면 되는 것이다.

마감시간 1시간이 끝나자 참가자들은 마무리를 짓고 자리를 뜬다. 이젠 심사 결과만 기다리면 되는 것이다. 상대들이 만만치 않은 실력파들이라 마음이 다소 초조한 혜정이 자꾸 앉음새를 고쳐 앉는다. 초조한 건 혜정뿐만 아니다. 참가자 대부분 가만히 앉아있지 못하고 왔다 갔다 한다.

심사위원들의 심사 결과지가 사회자한테 넘어가면서 참가자들과 객석 사람들이 한자리로 모여든다. 장원과 우수상을 발표하고 대상을 발표하는데 가뭄 날 흙이 말라 바싹바싹 타들어 가듯 입이 마른 혜정이 헛기침을 자꾸 한다.

"대상 강혜정!"

순간 혜정이 자동기계처럼 자리에서 벌떡 일어난다. 어딘가에 막혀 고여 있던 피가 분수처럼 허공을 향해 튀어 오르듯 몸이 위로 솟는 듯했다. 상패와 상금을 받아든 혜정 눈에 이슬이 고인다. 그간의 노력이 헛수고가 아니었다. 하면 되는 것이었다. 혜정이 상패를 보고 또 본다. 세상은 결코 수고한 자의 노력을 알아본다는 걸 이번 대회에서 느낀 것이다.

집에 돌아온 혜정이 대회 결과에 대해 용택한테 말하지 않는다. 용택이 대회에 참가하는 것조차 모르고 있고 또한 굳이 말하고 싶지 않았다. 용택이 인정해 주지 않아도 괜찮았다. 인정은 세상만 하면 되는 것이었다.

김치대회에서 대상을 받으면서 많은 일들이 주어졌다. 김치홍보대사와 대학교 계절학습과 먹방 티브이 출연 제의까지 들어왔다. 그런 일정을 맞추는데 몸이 열 개라도 모자랐지만 한 개도 놓치지 않고 모두 소화해 냈다.

그렇게 혜정이 설 자리가 넓어지면서 용택과 노인이 바라보는 시선이 조금은 달라졌다. 예전 같아선 절대 이해 불가였던 게 지금은 이해하는 쪽이었다.

퇴원하고 집에 온 노인은 왼쪽 수족을 못 썼지만 정신 또한 옳지 않았다. 밥을 먹었는데 밥 먹지 않았다고 밥 달라 하고 또는 도둑 들어온다고 문을 곳곳에 잠궈 식구들을 긴장시켰다. 그런 노인을 집에 홀로 둘 수 없는 혜정이 요양보호사를 여섯 시간 쓰고 그다음에는 도우미를 썼다.

　도우미가 돌아간 저녁 무렵이다. 샤워를 끝내고 거실로 나오는데 변 냄새가 코를 찌른다. 냄새의 진원지를 찾아 안방으로 들어갔을 때 노인을 보자기에 똘똘 뭉쳐 갖다 버리고 싶었다. 노인은 변을 손으로 주무르고 있었다. 떡을 만든다는 것이다. 역겨움으로 혜정 표정이 납작하게 일그러진다. 정신 있을 때는 마음에 차지 않는다고 그렇게 구박하더니 치매에 걸려서는 똥을 떡으로 알고 주무르다니 전생에 노인과 무슨 악연이 있어 이렇게 사람을 힘들게 하는지 혜정이 노인의 손을 잡고 운다.

　팔을 끌어당겨 이쪽으로 옮기려 하는데 노인은 요지부동이다. 흙 속에 깊이 묻힌 큰 바윗덩어리처럼 좀체 움직이지 않자 혜정이 바짓단을 잡고 끌어당기자 그때서야 슬그머니 엉덩이를 덜어준다. 얼마나 용을 썼는지 허리통증이 등뼈를 훑고 지나간다.

　목욕을 시키고 기저귀를 채우자 그때서야 자신이 무슨 짓을 했는지 아는 듯 노인은 늙은 황소처럼 누워 말이 없다. 노인이 변을 가리지 못하면서 노인 방에는 신김치에서 나는 군

내 같기도 하고, 고리고리한 청국장 냄새 같기도 하고, 오줌버 캐 지린내 같기도 한 냄새가 나 들어갈 때마다 숨이 탁탁 막 힌다.

집으로 도우미가 온다고 하지만 치매 환자를 집에 둔다는 건 무리라는 걸 용택이 알면서도 노인을 요양병원에 모시자 는 말을 하지 않는다. 원망을 듣고 싶지 않은 혜정 또한 노인 에 대해 거론하지 않는다. 노인 문제는 용택이 스스로 알아서 할 때까지 기다릴 참이었다. 어른 모시기 싫어 요양병원에 입 원시켰네 하는 소리를 듣고 싶지 않은 것이다.

그렇게 바쁘게 지낸 지 한 달이 지났을 때다. 그날도 1박 2 일 강원도 행사를 끝내고 집에서 쉬고 있었다. 민정이 하고 얘 기를 하고 있는데 안방에 있던 노인이 팔로 기어 나와 혜정의 머리채를 잡아당긴다.

"밥 줘!"

고개를 옆으로 하고 노인 손에 끌려가는 혜정 머리가 마치 코뚜레에 걸려 끌려가는 소 같다. 혜정이 엎드린 채 노인을 밀 치자 바닥에 길게 눕는다. 그리고 고개를 치켜들고 보는 눈빛 이 살짝만 갖다 대도 살이 벨 듯 날이 서 있다. 살인자 눈이 저럴까 싶다.

"저, 저, 저 년이……."

노인 입술에 녹아내리는 아이스크림처럼 허연 거품이 붙어있다.

"으흐흑……."

이윽고 노인은 울음을 터트린다. 혜정이 안방으로 끌어다 놓자 노인은 문갑 앞에 있던 컵을 던진다. 컵이 나동그라지며 구석에 가서 멈춘다. 근래에 와 치매가 부쩍 더 심해진 듯하다. 언제까지 저 꼴을 봐야 하는지 피곤한 혜정이 소파에 앉는데 용택이 들어온다. 옷을 벗어 침대 위에 던진 용택이 변 냄새로 숨이 막히는 듯 돌아다니며 창문을 연다. 그러나 바람이 윙윙거리며 들어오지만 찌들은 냄새는 좀체 날아가지 않는다.

"아빠, 할머니 변 주무르고 거기다 엄마 머리채 잡고 난리를 피웠어요."

"할머니가 아파 그래. 할머니 병원에 입원시켜야겠다."

용택이 노인 방으로 들어간다. 자식이 되어 효를 다하지 못하고 요양병원에 입원시킨다는 게 마음이 불편한 것이다. 잠든 노인 손을 잡고 용택이 한참이나 바라보고 앉아 있다. 그 모습이 마치 정성을 다하지 못해 죄송해하는 부족한 자식의 뒷모습이다.

입원하다

시아버지 제사 음식 준비로 손이 바쁜 혜정이 점심도 못 먹었다. 토요일이라 일찍 와 돕겠다던 영님과 현옥이 점심시간이 지났는데 아직 오지 않고 있다. 지난번에도 그러더니 오늘 또 약속을 지키지 않고 있다. 화가 뒷골에서 스멀스멀 기어 올라오기 시작한다. 차라리 온다는 말을 하지 않았으면 기다리지 않지 도대체 어떻게 되먹은 소갈머리인지 한 가지도 맘에 드는 게 없다.

제기를 마른 수건으로 닦아놓고 혜정이 방 청소를 한다. 머리카락과 먼지가 구석구석 쌓여있다. 청소기를 돌리고 걸레질을 하고 났더니 허리가 끊어질 듯 아프고 다리가 잘 펴지지 않는다. 화장실에서 노인을 부축할 때 삐끗한 허리가 아무래도 탈이 난듯하다. 혜정이 파스를 서랍에서 꺼내 붙인다.

오후 4시가 되면서 용식과 영님이 현옥까지 한꺼번에 들어온다. 영님이 늦어서 죄송해요, 라며 슬그머니 노인 방에 들어간다. 순간, 어쩌면 저런 철면피가 있나 하고 접시라도 던지고 싶지만 윗사람이라는 자리가 그것을 막고 있다.

"작은엄마, 일찍 와 엄마 좀 도와주면 안 돼요? 할머니 똥 싸 목욕시키고 음식하고 왜 우리 엄마만 힘들게 일해야 해요. 할머니 작은아버지 엄마잖아요?"

주방에 있던 민정이 조르르 나와 노인 방문 앞에서 말한다.

"미안해, 작은 엄마가 갑자기 일이 있어 늦었네."

어린 조카한테 싫은 소리를 들은 영님이 눈가가 어두워진다.

"당신 누군데 우리 집에 왔소?"

벽에 기대고 앉은 노인은 둘째 아들인 용식을 몰라본다.

"어머니, 저예요. 어머니 아들 용식이."

"용식이가 누구요?"

자신을 몰라보는 용식이 얼굴을 들어 천장에 둔다. 마음이 아픈 것이다. 노인한테 사랑받은 걸로 치면 용택보다 용식이 더 받았다. 공부 잘하고 말 잘 들어 이다음 결혼하면 용식과 함께 산다고 늘 그랬다. 그러나 용식이 결혼하면서 시댁에 오는 걸 싫어하는 영님으로 인해 노인하고 멀어진 것이다. 그런 시간들이 이래저래 마음에 걸린 모양이다.

용식 말에 의하면 영님이 시댁에 다녀가는 날엔 부부 싸움을 해 그게 싫어 안 온다고 했다. 그 말을 듣는 혜정이 오지 말라고 했다. 온 걸음은 항상 즐거워야 하는데 불만이라면 안 오는 것보다 못하지 않는가.

"용식이 왔구나."

현관 안으로 들어서는 용택이 용식 옆으로 다가선다.

"형님 잘 계셨어요? 저도 이제 막 왔어요."

"잘 왔다."

말은 잘 왔다고 하지만 얼굴빛이 어둡다. 가까운 거리에 있으면서도 노인을 멀리하는 용식이 못마땅하지만 대놓고 야단치거나 서운함을 드러내지 않았다.

"내일 어머니 요양병원에 입원시켜야겠다. 도우미가 온다고 하지만 도우미가 없는 저녁 시간이 문제다. 혁재 엄마도 집에 오면 쉬어야 하는데 쉴 시간 없이 노인한테 매달린다."

"그렇게 하세요. 치매 노인을 홀로 집에 둔다는 건 안 되지요."

"집에서 멀지 않는 AA요양병원에 입원시킬 것이다. 그러니 자주 찾아뵙도록 해라."

거기까지 얘기하는데 옆에서 티브이를 보던 노인이 박수를 친다.

"잘하네."

지갑에서 천 원을 꺼낸 노인은 침을 발라 티브이에 붙인다.

"어머니 노래 들으니 좋아요?"

"응, 좋아. 그런데 제들 노래 값이 적은 모양이다. 돈을 안 받네. 만 원 주면 받으려나."

노인은 천 원짜리를 떼고 다시 만 원짜리로 붙인다.

"용식아, 네 형하고 형수 같은 사람 없다. 형은 네 아버지와 같은 사람이니 섭섭한 일이 있어도 이해하고 형 말 잘 들어라."

좀 전까지만 해도 용식을 몰라보던 노인이 제정신으로 돌아와 있다. 저럴 때 보면 환자라는 게 전혀 느껴지지 않는다.

제사를 지낸 그 이튿날 아침 용택과 혜정이 일찍이 요양병원으로 모시기 위해 차에 오른다. 병원에 입원하는 걸 알기라도 하듯 노인은 말이 없다.

치매 환자 병동인 3병동에 입원이 잡혔다. 엘리베이터를 타고 3층에 내리자 또 하나의 실내문이 나온다. 밖에서는 열리지만 안에서는 번호를 모르면 열 수 없는 전자식 열쇠다. 간호사의 안내로 왼쪽 복도를 꺾어 들어가자 병실이 나온다. 회색 커튼 뒤로 큰 창문이 있기는 하지만 보호대가 있고 흰색 바탕에 꽃무늬가 있는 벽지가 아담한 분위기를 풍긴다. 침대 난관을 잡은 노인 손이 수전증에 걸린 듯 달달 뜬다. 전에 없는 증상이다. 혜정이 손을 잡는데 손을 휙 뿌리치고 혜정을 민다.

"이년아, 날 병원에 입원시키라고 내 서방 꼬였냐? 내가 왜 병원에 입원해야 해! 집에 갈란다. 나를 요양병원에 집어넣고 네년이 편안하게 살라고 그러지. 내가 네년의 속을 모를 줄 아냐!"

혜정의 팔을 잡고 악을 쓰는 노인 얼굴이 핏기로 벌겋다.

"……."

상황을 알고 말을 하는데 할 말이 없는 혜정이 우두커니 서 있다.

"아범아, 왜 나를 이곳에 데려왔느냐. 네 마누라 말 듣지 말거라. 죄다 거짓말이다. 너는 내 배 아파 나은 내 자식인데 네가 나한테 이러면 안 된다. 내가 싫으면 너희 나가 살아라. 용식이 불러들여 용식이 하고 살란다. 아범아, 날 이곳에 두지 말거라."

"어머니, 몸에 어디가 아픈지 검사해 보고 괜찮다고 하면 퇴원해 집에 갑시다. 이틀만 입원해요."

"이놈아, 검사하려면 대학병원 가야지 왜 요양병원에 데려와!"

"이틀만 있다가 집에 갑시다."

용택이 노인을 끌어당겨 안는다.

"그 말 믿어도 되는 거야?"

"이틀 후에 어머니 모시러 올게요."

"정말이지?"

그제야 믿음이 가는지 노인은 침대 위에 눕는다. 간호사로부터 간단한 처지를 받는 동안 용택이 묵묵히 서서 노인을 본다.

"어르신, 제가 잘 모실게요."

환자복으로 갈아입힌 요양보호사가 한 손은 노인 손을 잡고 다른 한 손은 엉덩이 쪽으로 뻗어 빨리 나가라는 신호를 보낸다. 이때가 기회다 싶은 혜정이 얼른 병실 문을 나왔지만 용택이 걸음이 떨어지지 않는 듯 그대로 서 있다.

"아범, 이틀 후에 꼭 날 데리러 와."

"꼭 올게요. 어머니."

용택이 가슴이 아픈 것이다. 자식으로서 못 할 짓을 하고 있다는 죄책감에 떨고 있는 것이다. 용택이 병실을 나와서도 멀찌감치 서서 관찰하듯 노인을 보고 서 있다.

화해

방송국과 복지관 그리고 학교로 다니는 일정으로 몸이 고되지만 재미가 있었다. 일을 하는 게 즐겁고 일을 하므로 생기는 자신감은 그 어떤 일도 맡겨만 준다면 죄다 해낼 것 같았다. 친구들이 그랬다. 일 시작한 지 얼마 되지 않았는데 잘 풀렸다며 부러워했다.

노인이 요양병원 입원하고부터 용택은 노인 방에서 잤고 하루에 한 번씩 꼭 노인을 찾아가 보고 왔다. 용택이 그렇게 다니는 반면에 혜정은 가지 않았다.

용택이 3박 4일 용인으로 출장 가고 없어 혁재와 민정을 데리고 나와 점심을 먹고 난 혜정이 노인한테 가 보자고 하지만 민정이 가지 않겠다고 한다. 늘 안 좋은 모습만 보여 민정이는 노인을 싫어했다.

아이들을 집에 데려다주고 혜정이 요양병원으로 간다. 삼거리를 지나 큰 도로로 나오자 빗방울이 떨어진다. 그러나 서쪽 하늘이 밝은 게 비가 많이 올 것 같지 않다. 소나무 껍질처럼 저수지가 쩍쩍 갈라지고 누렇게 타들어 간 논바닥을 티브이에서는 심각한 가뭄 화면으로 내보냈다. 그런 걸 보면 비가 와도 일주일은 와야 해갈이 될 것 같다.

병원 주차장에 차를 주차하고 내릴 때 그새 다 내렸는지 비가 그친 하늘은 비늘처럼 구름이 벗겨지고 있다. 3층 엘리베이터에서 내려 안으로 들어가자 노인 둘이 서로 머리채를 잡고 있다. 주사기를 들고 다른 호실에 가던 간호사가 달려와 두 사람 사이를 떼보지만 좀체 떨어지지 않는다. 옆에 있던 워크기를 당겨 가운데로 밀어 넣자 그제야 떨어진다. 두 노인 머리가 건기로 습기가 다 빠져나간 건초더미처럼 붕하게 부풀어 있다.

혜정이 열린 문틈 사이로 방안을 살핀다. 노인은 닳아버린 호미처럼 벽을 보고 누워있고 반대편 벽 쪽으로는 가슴보다 쇄골이 더 튀어나온 상체를 드러낸 어르신이 누워있다. 새로 입원한 환잔가 보다.

"아이고, 왜 그렇게 안 왔냐. 보고 싶었다. 어멈아."

미운 돌이 박혀 힘들게 했던 아집은 없고 혜정 손을 덥석 잡아 당신 배 위에 올려놓는 노인 손등에 몽고반점처럼 멍이 푸르무레하게 들어있다. 링거를 맞은 모양이다.

"어머니, 몸은 좀 어때요?"

"괜찮다. 때 되면 밥 주고 목욕시켜주고 빨래해 주니 편안하다."

벌어진 입술에서 턱까지 흘러내린 침을 손등으로 쓱쓱 문지르며 바라보는 노인 눈길이 부드럽다.

"그러세요."

"내가 너에게 못된 짓 많이 했다. 내가 치매 걸렸다는 걸 병원에 입원하면서 알았다. 미안하구나."

노인한테도 이런 부드러운 면이 있었던가. 늘 눈에 쌍심지를 켜고 내치기만 했던 양반이 아니던가. 사람이 죽을 때가 되

195

면 변한다고 하던데 노인도 죽으려고 그러나 싶다.

"빨리 나아 집에 오셔야지요."

마음은 질려 더 이상 마주 하고 싶지 않은 사람이지만 말이라도 그렇게 해야 하는 혜정은 진실이 부끄럽다는 생각을 한다.

"이젠 이곳이 내 집이다. 치매 걸린 노인이 어디 가겠느냐. 이곳에 있는 게 식구들을 위한 길이라는 걸 나도 알고 있다. 내 걱정 말고 네 몸이나 챙겨라. 그리고 티브이에서 네 모습 봤다. 음식도 너무 잘하더라. 여기 노인들한테 네 자랑 많이 했어."

혜정이 얼마 전 먹방에 출현했는데 그걸 본 모양이다. 퇴화된 눈처럼 자신의 노력을 못 볼 줄 알았는데 이제야 알고 칭찬하다니 늦었지만 그래도 고마운 일 아닌가. 절대 녹아내리지 않을 것 같았던 미움이 따뜻한 말 한마디에 유기체로 분해되는 게 분명하게 느껴진다.

병실을 나온 혜정이 간호사실에 들려 노인 증상을 물어본다. 간혹 집에 간다고 소란 피우는 것 외는 특별한 행동을 보이지 않는다고 했다. 잠도 잘 자고 식사도 남김없이 잘 드신다고 했다. 이젠 요양병원 생활이 적응된 모양이다. 다행한 일이다. 적응하지 못하고 난리 치면 어쩌나 했는데 그 걱정은 안 해도 되는 듯했다. 뇌출혈과 치매까지 걸린 노인 건강은 감기 몸살처럼 쉽게 회복되는 게 아니라 죽어야만 고통이 없는 것이다. 혜정이 병원을 나와 노인이 입원한 병실을 올려다본다. 창문이 닫혀있다.

가방에서 메시지 신호음이 울린다. 용택이다. 일이 수월하게 풀려 지금 집에 가고 있다며 아이들과 저녁 외식하자는 것이다. 웬일인가. 아이들이 외식하자고 해도 이리저리 핑계 대고 미꾸라지처럼 빠져나간 사람이 아니던가. 혜정이 음식백화점 앞에서 만나자는 문자를 보낸다.

역을 빠져나와 삼거리로 나오자 이쪽과 저쪽을 이어주는 다리가 줄자를 길게 펼쳐놓은 듯하다. 한 무리들의 새들이 낮은 비행으로 날아 눈앞을 쏜살같이 지나간다. 아직 약속 시간이 반 시간이 남아 있는 혜정이 백에서 스케줄 노트를 펼친다. 이틀 후에는 모 대학에서 김치 강연이 있다. 외국인 학생들한테 김치 문화를 이해시키고 발효식품의 유익성을 알리는 수업이다.

주차장에서 나와 도로 쪽에 서 있는 혜정을 먼저 본 민정이 달려와 손을 잡는다. 그 뒤를 용택과 혁재가 나란히 걸어온다. 풍경이 좋은 그림이다. 놓치고 싶지 않은 장면인 듯 혜정이 폰을 꺼내 사진을 찍는다. 불빛을 받은 용택과 혁제 얼굴이 환하다. 행복은 이런 거라고 혜정이 생각한다. 바라지 않고 있을 때 비로소 행복이 보인다는 걸 느낀 것이다. 보름달이 백화점 빌딩 위에 해바라기처럼 걸려있다.

작가의 말

다르게 살고 있구나 싶어도 그 안을 들여다보면 거기서 거기란 말이 틀리지 않다는 걸 친구들 얘기를 들을 때면 알 수 있었다. 산다는 게 조금 다를 뿐 같은 과정을 밟고 있는 게 우리내 삶인 것 같다. 때를 알고 피고 진다면야 운명을 거스르지 않겠지만 가진 것과 가지지 못한 차이가 사람을 비겁하게 만들어 자신도 모르게 어울림을 눈 저울질해야 할 때가 적지 않음을 봤고 또한 많은 경험을 하였다. 엇박자로 어긋난 삶의 궤적을 감쪽같이 지우고 싶어 남몰래 가슴앓이하며 술잔을 기운 적도 있었고, 벌어진 간격을 좁히기 위해 색깔 있는 바람을 운

반할 때도 적지 않았다. 그렇게 메우고 채워가는 동안 성숙한 인자로 변해가고 있음을 나이 들면서 알게 되었다.

작품 속 혜정은 자신을 지키기 위해 상대방을 지켜준 여인이다. 잔정이 없고 무뚝뚝하면서 효자 남편에 젊었을 때 고생한 삶을 며느리로부터 보상받으려는 고약한 노인으로 인해 갈등 속에서 자신의 존재성을 잃고 살았다. 웃는 날보다 짜증 난 날이 더 많았고, 수고했다는 인사보다 하느라 해도 욕이 돌아오는 생활에 혜정은 어느 날 문득 허무를 느낀다. 이게 아닌데 하면서도 이게 되고 마는 날들 앞에 여자는 무엇으로 사는지를 스스로 찾으려고 했다. 아내와 며느리 자리를 버리고 싶어도 두 아이의 엄마라는 이유만으로 자신을 희생하며 살았지만 그게 결코 자신다움이 아니라는 걸 뒤늦게 깨닫고 세상 밖으로 나가기 위해 하이힐을 신는다.

의무감은 인격의 중요한 요소로 인간의 고결한 태도를 뒷받침하는 것이다. 혜정은 맏며느리로서 희생하며 살았지만 그 수고를 몰라주는 것에 자신 일을 찾게 되고 그러면서 한 번의 확신을 위해 수십 번 준비하는 당찬 여자다.

이 소설은 평범한 한 여성의 이야기며 사실을 바탕으로 쓴 것이다. 뭘 하려고 하면 여기저기 걸리는 게 많아 포기해야 하고 그렇게 살다 보니 진짜 자신 모습을 잃어버리고 산 혜정의 삶을 처음에는 이해하기 힘들었다. 왜 그러고 살았어요. 나 같아선 절대 그러고 못살아요, 요즘 시대가 어떤 시댄데 그렇게 고약한 노인이 있어요, 라고 이해되지 않는 의문을 던지면서도 효자 아들 남편 그늘에서는 그럴 수도 있겠구나 하는 공감대 형성을 하기도 했다.

한 가정을 이루고 살면서 이혼을 생각하지 않고 산 사람이 몇이나 되겠는가. 아픔을 움켜쥐더라도 아이들이 겪을 상처를 생각해 이혼보다 일을 선택한 혜정한테 박수를 보낸다. 매 순간 흔들리면서도 기울지 않게 중심 세웠고 최선의 것을 꿈꾸며 최악의 경우를 대비한 혜정의 의지를 나는 닮고 싶었다.

복잡한 문제에서 스스로 맑지 않으면 생각이 멀리까지 미치지 못한다는 옛말처럼 자신다움을 발휘하기 위해서는 남의 말을 절반만 간추려 듣는 자세가 우린 필요한 것 같다.

이 소설을 끝내면서 나는 그녀와 식사를 했다. 그녀는 여전히 변화에 적응하면서 안전지대를 넓혀나가고 있었다. 좋은 것일지라도 칼날 쪽을 쥐고 있으면 고통이 따르고 적대적인 것이라도 손잡이를 잡고 있으면 방패가 된다며 강의 노트를 꺼내는 그녀의 모습은 살아있는 현재에 최선을 다하는 듯해 보기 좋았다. 그녀의 건강과 발전을 기대하면서 사람 노릇은 타고난 됨됨이가 아니라 익혀나가는 거라고 이 글을 끝내면서 강조해 본다.